TAKE
SHOBO

清く正しくいやらしく

まじめOLのビッチ宣言

兎山もなか

ILLUSTRATION
篁ふみ

MITSU
YUME

CONTENTS

MITSU YUME

イラスト／篁ふみ

清く正しくいやらしく

purify, honesty, naughty

まじめOLのビッチ宣言

第1章　淫らで不真面目な朝

真面目なんてクソくらえ。

——そう思った昨晩。私はビッチになった。


「……ん」

ふわふわする。あったかい。

くすぐったさに身じろぎをする。

楽な呼吸と、ほどよい体の疲れ。やけに満たされた気分だった。……なんだこれ？　経験したことのない感覚に違和感を持ちながら、ゆっくりと覚醒していく。よそよそしい匂い。薄っすらと目を開ける。ぼやっとした視界に映ったのはクリーム色の壁。私が横になっているのは、自分の部屋のベッドではないらしい。……ここはどこ？

静かな空間で、自分のものではない呼吸の音がした。穏やかな寝息につられて背後を見ると、目の前に見知らぬ男の顔があった。眠っている。見える限りでは服を纏《まと》わず、胸より下には布団が掛かっている。そして、後ろから私の体をゆるい力で抱きしめていた。

目をパチクリさせて彼の顔を凝視《ぎょうし》する。それから、一緒に入っていた布団の中身をペラッと確認。

「……っ‼」

思った通り、自分も素っ裸で変な声が出そうになった。

こ、これは……もしかしなくとも……！

サッと血の気が引くのを感じつつ、布団をぎゅっと胸に抱きよせる。事態を把握し、一気にバクバクと鳴り始めた心臓を押さえつけた。

自分に言い聞かせるように心の中で唱える。

ダイジョーブ、ダイジョーブ。

オーケイ。

一瞬びっくりしてしまったが、記憶はある。おぼろげに。〝何この男⁉　なんで裸で隣に寝てるの……⁉〟なんてことはない。大丈夫。ちゃんと覚えています。

私が昨晩、この男の人を誘いました。

背中からまわされた腕をそっとはずし、体を起こしてぐるりと辺りを見回す。キングサイズのベッドにシックなソファとローテーブル。一見普通のホテルだけど、ふと視線を上に向けると天井は鏡張り。ベッドサイドには封の開いた避妊具の袋。そして床には、自分たちが脱ぎ散らかしたと思われる服や下着たち。あぁここは間違いなくラブホテル……と現状を認識して。もう一度隣の彼に視線を向けた。

深い眠りについている顔を覗きこむと、彼は昨晩の印象以上に綺麗な顔立ちをしている。閉じられた目から伸びるまつ毛は長く、鼻筋はすっと通っている。高い鼻梁に形のいい唇。羨ましいほど綺麗な肌。おそらく年上の男だというのに、若々しく逞しい色気にドキドキしてしまう。

昨晩行為に至るまで、彼は眼鏡をかけていたような。そしてコトが始まってからは、どこへやってしまったのか眼鏡は取り払われ、殊更《ことさら》色っぽくなった目で私のことを見下ろしていた。

熱っぽく。

いやらしく。

〝美薗《みその》さん〟と教えたばかりの私の名前を何度も呼んで。そして呼ぶたびに腰を強く打ちつけ、掻き回し、あまり男の人を受け入れ慣れていない私の最奥を抉った。

あんなに激しく私を奪った彼は、昨晩は美しい肉食獣のようだったのに。今こうして隣で寝息をたてている彼のなんと無害なこと。眼鏡をはずしたあどけなく無防備な寝顔は、眼鏡をかけているときの穏やかな笑い顔よりずっと幼く見える。

「……美薗さん？」

見つめているとゆっくり瞼《まぶた》が開いて名前を呼ばれた。それだけのことにドキマギしてしまう。——だけど私はビッチになったのだ。ビッチは、抱き合った翌朝に照れたりなんかしない。緊張はひた隠して微笑んで見せる。

「おはようございます」

「おはよう。……体、大丈夫？」

「はい、あの……ありがとう。とっても気持ちよかったです」

そう言って、勇気を出して寝癖がついている彼の髪を撫でつけると、その人はふわっと笑って私の手を彼自身の頬にあてさせた。

「俺も気持ちよかったです」

そんな返事をくれて、柔らかく目を細める。長いまつ毛の下の瞳が、カーテンの隙間から零れる日光に照らされてキラキラとしている。一見すると幸せな朝だ。そして事実、甘い幸福に胸を満たされてしまっている私がいる。

だけどこんな夢は一夜限り。

大人の関係は、ずるずると引きずるものではありません。

「もう会うこともありませんね」

私はそう言って、彼の頬から手のひらを剥がした。丸くなった目に一瞬なにかを期待しそうになったけれど、誘惑を振り払いベッドの下のシャツを探す。いつまでも裸でいるのは恥ずかしい。よくこの格好で人と一緒に眠れたなと、不思議なくらい、恥ずかしい。

でも恥ずかしいなんて言っていられないか……。

シャツを見つけ、下着はどこだろうときょろきょろしながら考える。私はこれからこんなことを、他の男の人とも繰り返していくんだろう。〝ビッチになる〟というのはきっと、そういうことだ。……昨日みたいな行為を、他の人と？

覚悟はとっくにできているはずだった。だけど、お互いの痴態を晒し合うあの行為を、また別の誰かとするのかと思うと、とてつもないことのような気がした。

大丈夫かな。うまくやっていける……？

「美薗さん」

「っ、え」

ふわっと体を包まれる。

私がぐるぐる考えているうちに彼はベッドから体を起こしていた。そして今、ベッドの端に座る私をゆるい力で背中から抱きしめている。

体の前にまわされた腕の逞しさと、直観的に感じた心地よさに顔がどんどん熱くなっていって。追い打ちをかけるように、背中に優しく頬をすり寄せられた。背筋が震える。

心地よすぎて息苦しくなってしまった私に、ぐっと抑えた声が後ろから囁いてくる。

「……美薗さん。よかったらなんですけど」

あぁその声、だめ。ゾクゾクして変な声が口から漏れそうになる。

そんな反応見せたら〝ちょろい〟と思われてしまいそうだから、なんでもない声を装う。

「……はい」

「この関係、続けません？」

ひゃあっ、と叫びだしそうなのを必死で喉の奥に押し込める。背中を向けているからバレていないに違いない。私が今、嬉しい顔をしてしまっていることなんて。

んんっ、とちょっと不自然な咳ばらいをして言葉を返す。

「後腐れのない関係がよくてあなたを誘ったんです」

「わかってます。だから、後腐れのない関係を続けましょう」

「……どういうことですか？」

言われた意味がよくわからず後ろを振り返った。彼は、まだ眠そうに目を細めて、ふにゃっと笑いながら私の口をついばんだ。

（あ……）

唇の表面の感触を味わうだけの行為に、胸が震える。

（キス、気持ちいい……）

ちゅっと優しく唇を食《は》まれて、時折ぺろっと舐められる。

そのキスで思い出す。昨晩彼の舌に、口内をあますところなく舐められたことを。唾液もむせるほど飲まされた気がする。

甘く口の中を侵された感触が勝手に再現されて、頭がぽーっとしてきた頃。彼は最後に水っぽい音をたてて口を吸い、顔を離した。

彼は頬を私の右肩にのせる。柔らかい髪がくすぐったい。

「はぁっ……ほんとに気持ちよかったんです。体の相性、最高だなって思ったの俺だけですか？　……今までのどのセックスよりもよかった」

そう言われると、とっても嬉しい反面、困ってしまう。私は彼のように〝今まで〟と比べられるほどの経験がない。厳密に言うと、過去に一回だけしかない。

昔から男の人が苦手だった。それでも、社会人になってから一度だけ、告白されて付き合ったことがある。デートを重ね、キスをして。おおよそ順当らしいステップを踏んでたどり着いたラブホテルで、待っていたのはただただ苦痛な行為だった。

私が感じにくいほうだったのかもしれない。ほとんど濡れていないところ、無理やりねじ込まれるようにして処女を奪われた。私はただ泣かないようにだけ我慢して、〝気持ちいいでしょ？〟と何度も訊いてくる彼氏の下卑た笑顔を見上げていた。思い出しても薄ら寒い、軽くトラウマになってしまったような記憶。

そんな最低な経験しかない私からすると、昨晩の行為は間違いなく〝最高〟だった。

ガラスにでも触れるみたいに丁重な手つきで扱われると思ったら、段々〝抑えきれない〟とでも言うように激しく求められて。恥ずかしいこともいっぱいされた気がするのに、快感のほうが打ち勝っていた。

おぼろげに〝気持ちいい〟と叫んでしまった記憶がある。思い出せば思い出すほど、昨晩の行為は極上だったのではないか。

――だけどそんなことを正直に言ったら、経験の乏しさがバレてしまうかも。

そこまで考えて私は顔を上げ、微笑んだ。

「記憶にある限りでは、最高でした」

「……その言い方やばい。超悪女」

ふはっと笑って彼は、機嫌よく額を私の首筋に擦りつける。

……あれ？　今の笑うところ？

だいぶ含みのある言い方をしたつもりなんだけど……。

狙った反応とは違ったけれど、ぐりぐりと顔を擦り付けて甘えてくるかわいい生き物を前に、まあいいかと息を吐く。

……いや。いやいや。違う。

全然よくない問題が残っていた。

「……後腐れのない関係って？」

「ああ、うん。一夜限りは寂しいなと思って。たまにはこうして抱き合いませんか？」

「……それはいわゆる」

「セフレってやつですね」

言われた瞬間、頭の中にデカデカと〝セフレ〟の三文字が浮かぶ。

セフレ。

セックスフレンド。

それはなんというか……。

「……ただれてますね？」

「なに言ってるんですか今更。美薗さん、自分はこう見えてもんのすごいビッチなんだって豪語してたじゃないですか」

「そうでした」

「嘘なんですか?」

「ほんとですよ。とんでもないビッチですよ私は」

嘘に決まっている。

……いや、嘘ではない。私はビッチになると決めたのだ。決めたのがつい昨晩だという
だけで、私はもう、気持ちはビッチだ。

「それじゃあなってください。俺のセフレに」

そう言って首筋に甘えてくるこの人を、〝愛しい〟なんて思ったら間違い。正しい感情
は〝都合がいい〟であるべき。昨晩ビッチを始めた私としては。

「いいですよ。なりましょうか、セフレ」

深く考えずに、ふたつ返事で流されるべき。昨晩ビッチを始めた私としては。

〝不潔です〟なんて言わない。

〝なるわけがないでしょう〟なんて言わない。

否定しない。

──真面目でつまらない舟木《ふなき》美薗は、もうどこにもいない。

承諾すると彼はふっと笑い、首筋から顔を上げて再び私をベッドの上に押し倒した。

「っ、何?」

　昨晩知ったばかりの彼の重さに押しつぶされながら、狼狽《うろた》えた声が出ないように気をつけて見上げる。彼はようやく目が覚めてきたようで、さっきまでふにゃふにゃ笑っていた目が、今は少し意地悪な色に光っている。

「何って、もう一回」

「いっ……今から？」

「今から。……抱きたい、美蘭さん」

「ん……」

　まだ何も身に着けていない胸の谷間に熱い吐息を感じる。彼は私の肌に頬ずりをしたり、唇を寄せたりしてちらっとこちらを窺ってくる。私は視線が気になって、気持ちいいのをごまかして問いかける。

「……なんですか？」

「名前、呼んでくれないのかなと思って」

「えっ……」

「昨日教えたでしょう、俺の名前。一度も呼んでくれなかったのは、一夜限りの関係のつもりだったから？」

「……ええと」

　彼の言う通りだ。名前を呼んで愛着でも湧いてしまったら困るし。……もう遅い気もするけれど。

「もう忘れちゃった？」

「ううん」

忘れてなんかない。

彼は両手でやわやわと私の胸の膨らみを揉みながら〝呼んで〟と繰り返す。それって人の胸を揉みながらお願いすること？　とも思ったけど。ちょっとだけ切実さの混じった瞳で見つめられると、なんでも言うことを聞いてあげたい気持ちになる。

彼の名前は、意外とすんなり口から出てきた。

「冬馬《とうま》さん」

〝冬に耐えられる馬は逞しいんだ〟と教えてくれた。そう言いながら、〝まあ冬に耐えられる生き物は総じて逞しいよね〟とすぐ自分の言葉を打ち消していた。私の頭の中には〝なんだか綺麗な名前〟という感想だけが残った。

呼ぶと彼はくすぐったそうに身を竦めて、「いい。美薗さんの声で呼ばれるのいいね」と笑う。そしてそんな和やかな空気が嘘みたいに、彼の凶暴な欲の先端が私の蜜穴を狙う。挿《い》れたそうにぬるぬると擦ってくる。

「ん……あっ」

「……まだそんなに弄ってないけど、美薗さん、結構濡れてる」

「そんなことな……っ、は、あぁっ」

ぬぷっ、と音を発てて彼の先端が沈み込んできた。それは一気に奥まで押し込まれることはなく、浅いところで律動を繰り返す。私はどうも、そこが弱いらしい。

「ひッ、んんっ……やぁっ……」

「……もう声甘くなってる。ほんと、ココ擦られるの好きだね」

「んあっ……」

「ははっ。……はぁっ。すごい、やらしい……美薗さん今、超エッチな顔してる」

「っ！」

慌てて顔を手で覆い隠そうとした。その手は両方とも彼の手に捕らえられ、ベッドに押し付けられる。

「隠しちゃダメです。興奮するからこのまま」

「やだっ、恥ずかしっ……んんっ」

「ん……恥ずかしいのがいいんでしょ」

浅いところを擦られたままキスを繰り返す。段々と腰に広がっていく甘い痺れと、酸欠になるんじゃないかと思うほど深い口づけに脳内が蕩けていく。そのうち〝はしたない顔を見られたくない〟と思ったことも忘れて私は、すっかりされるがままになっていて。

しかしハッと思い出した。

「っ……冬馬さん！」

「ん？　なに……？」

「避妊はっ……！」

黙られてサァッと青ざめる。やめなきゃ、と思っても、グッと手首をベッドに押さえつけられたままで少しも動かせない。

彼は腰の動きを速めた。子宮の入り口を叩く衝撃に甘い声が漏れる。

「っ、あんっ！　あぁっ……」

「……ふふっ、大丈夫ですよ。挿れる寸前に着けました」

「そっ……それならそうと、早く」

「ナマでなんてするはずないでしょう。セフレを孕《はら》ませるなんてヘマはしません」

「……そうですか」

――まるで慣れてるみたいな言い方をするんですね。

口からこぼれそうになったその言葉は、寸前で喉元に留まった。棘のある言葉が出てくる意味がわからない。私たちは、お互い様なはずなのに。

ぎっちり隙間ない圧迫感をお腹に感じながら、セフレになるってこういうことかと、少しずつ理解していく。

「それよりも美薗さん」

「ん……なんです？　ぁん……」

「名前、もう一回。……もう一回っていうか、もっと」

腰を揺らしながら苦しそうにもどかしそうに言うので、思わず胸の奥が絞られた。

「んッ、んんっ……。……冬馬、さん？」

「そうです、その調子で」

「ふっ……あッ!? え、ちょっ……あ、あぁん！ 待っ、冬馬、さっ……激しっ……！」

「その調子で……喘ぎながら名前呼んでくれたら、最高」

——そう言って。

彼は朝の六時から、私をまた底知れない快感の中に突き落とした。


「……ふわぁ～」

四月一日。春の陽気が心地よく、気の抜けた欠伸が出てきてしまう朝。眠気を押してベッドから這い出る。冬馬さんとセフレになってから一週間が経った。

私は必ず毎朝六時ぴったりに起床する。冷たい水をばしゃばしゃと顔に浴びせ、無理やり頭を起こし、欠かさずきちんと朝食を摂る。そして、前日の夜にアイロンをかけた、シワひとつないジャケットに腕を通す。ずっと繰り返してきたルーティンワーク。特に頭を使わなくても体が勝手に動く。家を出る。

自動運転状態の私は、駅に向かう途中で赤信号に引っかかって足を止めた。ここの信号はつかまると長い。あーあ、と少し残念な気持ちになりつつ、信号が変わるのを待つ。

数秒経過してハッとした。

（……これじゃだめじゃない！）

いつもとなんら変わりない自分に気づいてぶんぶんと首を振る。変わると決めたのに。せっかくビッチとしての大きな一歩を踏み出したのに。考え方が今までと何も変わらないんじゃ意味がない。

えいっ！　と気合いを入れて、立ち止まっていた場所から赤信号の横断歩道へ足を踏み出す。信号は青に変わる気配もなく、まだしばらく赤色だ。だけどこの横断歩道はこの時間帯、車が通ることはほとんどない。周りを見ても誰もここで足を止めてなんかいなかった。幼稚園に向かう子どもも、その子の手をひくお母さんも。杖をついているおじいさんも。「臨機応変」とばかりにためらいなく赤信号を渡る。バカ真面目に信号ルールを守っていたのは私だけ。

会社に着くなり手慣れた動作でオフィスのオートロックを解錠する。朝一番乗りのオフィスはしんと静まり返っていて、私は自分のデスクにバッグを置くと、誰もいないのをいいことに〝うーん〟と伸びをする。さて。

自分で言うのもなんですが、舟木美薗は真面目が服を着て歩いているような人間です。……歩いているような人間でした。一週間前にやめたので過去形です。

真面目でいたっていいことなんかひとつもない。バカを見るだけだって気づいたから。

一週間前、私は冬馬さんとセフレになった。

セフレ。セックスフレンド。大きな声では絶対に言えない、これまでの私だったら縁のないまま一生を終えていた言葉。〝ビッチになる！〟と決めたものの、決めたからってそう簡単になれるものなのか……？　と思っていた。

そんな矢先、出会ったばかりの人と結ぶことになった体だけの関係性。私のプロジェクトは、ちょっと心配なくらい順調に進行している。

あれからというもの、私たちは今のところ毎日メッセージのやり取りを続けている。

あの朝再び私のことを激しく抱いた冬馬さんは、シャワーを浴びた後ガシガシと自分の髪をタオルで拭きながら、メッセージアプリのアカウントと電話番号を教えてくれた。〝これがないと次に会う約束もできないでしょ？〟と言って。

それはそうだと思って、私も同じ情報を彼に渡した。私のスマートフォンのアドレス帳に、一件だけ不自然に「冬馬さん」と下の名前で登録されている。

なんとなく、名字は聞かなかった。


おろしたての雑巾を給湯室のシンクで濡らしていると、パンツスーツのポケットに入れていたスマートフォンがブルブルと震えた。たぶん冬馬さんからのメッセージだ。私はすぐに確かめたいのを我慢して、濡らした雑巾を持ってオフィスに戻る。冬馬さんとのメッセージのやり取りは大抵一文で、思い返してみると些細な内容ばかりだ。

〝美薗さん、出社はいつも早いんですか？〟

〝八時半始業なので、七時半には会社にいます〟
〝早いですね〟
〝普通じゃないですか？〟
〝早いですよ。そういえばこの間もすっきり目覚めてたし、早起き得意なんですね〟
〝苦手ではないかもしれません〟
〝すごい。僕苦手なんですよ、どうにも朝は弱くて……低血圧なのかな〟
〝低血圧の人は朝からあんなに激しく動けません〟
〝美薗さん！（笑）　やめてください、ムラムラするじゃないですか〟
〝知りません〟

世のセフレたちは、こんなメッセージのやり取りをしているんだろうか？　なんか違うような……。最後のほうはかろうじてそれっぽい気もするけれど。

私は就業時間外にしか返信しないし、冬馬さんも自分の仕事があるだろうからそんなに頻繁には返してこない。一日に一、二回のやり取りをゆるく続けていた。一回もこない日もあった。けれど今朝、会社に着く寸前に〝知りません〟と送ったメッセージに対しては、珍しくすぐに返信があって。

〝えっ、自分から話振っておいて冷たいですね……。今晩会いませんか？〟

う、うわーッ‼

文面を見た瞬間、スマートフォンを床に叩き付けそうになった。危ない……。後でチェックしようと思っていたのに、私は拭き掃除をしている最中に我慢できずメッセージアプリを開いてしまったのだ。

今晩、会うのか……。

今すぐ返事をするのはさすがに我慢しようと、心を落ち着ける。

なにこのメッセージの流れ。〝ムラムラする〟、からの〝今晩会いませんか〟、って。絶対にエッチする気じゃないですか！　最低！　……なんて思いつつ、決して不快ではない自分がいる。

それどころか、一連のやり取りに危うくニヤニヤしそうになっていた私がいる。

（これは一体……？）

セフレなんだから喜びすぎちゃいけないよ。

そう自分に言い聞かせた瞬間、私はハッとする。気づけば、いつも通りみんなのデスクをピカピカに磨きあげていた。……これだから真面目は！

日課として染みついてしまった自分の習性を嘆く。

（こんなことしたって誰も喜んでくれないのに……）

うんざりしてその場に立ち尽くしながら、「お昼休憩になったら返事を打ってもいい」

と、冬馬さんに返信することを自分に許した。

株式会社ノーブル・ムーブルは、アンティーク家具の輸入販売も行う家具メーカーだ。ショッピングモールのテナントで一般家庭向けの家具を販売したり、レストランやホテルなどの法人からオーダーメイドを受注したりしている。

一般職として新卒で入社して七年目。私はオーダーメイド部門三課の営業事務として働いている。昔からの付き合いがある大口の取引先を担当する一課や二課とは違い、三課は新規営業や小口の取引先を担当しているため得意先の数が多い。

そのため課に属する社員の数も多くて、私は今、総勢二十名の人間のデスクをピカピカに磨きあげてしまった。

なかなかの大仕事。だけど全然苦じゃなかった。一緒に働く人の環境を整えてあげることが、正しいことだと信じて疑わなかったから。――ついこの間までは。

そんな日課も、今日でやめよう。〝真面目な舟木美薗〟は少しずつ捨てていく。

冬馬さんとの関係だって、ビッチらしくこっちが振り回してみせる。

そう決意して私は、ここまでやったついでだからと、今日この三課へ異動してくる新課長のデスクを磨きにかかった。

始業時間である朝の八時半、少し前。出社してきた社員の声で少しずつオフィスが騒がしくなるなか、私はデータ入力をする。営業から回ってきたメモに書いてある品番と製品名を頼りに、該当の木材や金具の在庫を確認する。それを転記して得意先専用の素材リストを作る。数字を扱うから間違いが起こりやすい作業だ。やるときは集中しなければいけない。

それなのに私は、考え事をしていた。

〝今晩会いませんか？〟というお誘いになんと返事をするべきか。

最初からふたつ返事でＯＫしてしまったら、浮かれてると思われはしないだろうか。〝なんだこの女、ノリノリだな〟って。〝俺のこと本当に好きになったんじゃないか？〟って。そんな風に思われてしまっては心外だ。だって私、ビッチですし。

一度もったいぶってみるべき？　〝考えておきます〟って？　いや、でも今晩って言っているし……。

私が渋って見せたら、冬馬さんは無理強いせずに〝じゃあまた改めて〟と言うんじゃないだろうか。なんだかそんな気がする。それはなんというか……困る。

ぐるぐる考えつつも、私の答えはなぜか最初から〝会う〟一択だった。

ただ〝いいですよ、会いましょう〟と返事をする前に、どういう駆け引きをするのがビッチらしいかを考えていた。冬馬さんに〝こいつは割り切った関係をまっとうできそうだ〟と認めてもらうには、どんな返事をすればいいいか。

ビッチなら逆に〝激しいの期待してますね♡〟とでも返せばいい？　……無理だ！　今

それをするにはこれまでのやりとりのテンションが低すぎた……！

最初の一手から間違えていたことに気づいた私は、パソコンの前でぐぬぬと頭を抱えた。

——ザワッ……。

一瞬、オフィスに溢れていた声が一段大きくなった。かと思えば、すぐにそのザワつきは小さくなり、一人、また一人と席を立って前方の課長席のほうへと歩いていく。

（……なに？）

人の流れに釣られるようにして私も立ち上がった。背の高い同僚の背後から、前方の様子を覗こうと頑張って首を伸ばす。

見えたのは、四月一日付でオーダーメイド部門の部長に昇格した、我が三課の元課長・鬼木《おにき》さんの姿だった。ザ・体育会系のがっしりとした体型で、豪快な笑い声をあげる鬼木さんは今日も目立っている。ああ見えて部下への気遣いが細やかな人なので、みんなも納得の昇進だった。

（昇進した鬼木さんがなぜここへ……？）

不思議に思いながら、私はもっとよく見ようと、人と人の隙間から前方へ移動する。

彼の隣には男性が一人いた。鬼木さんとの対比で小さく見えるけれど、並んであれならだいぶ背が高い。誰だろう……？　あ、そうか。昇進したから、後任の課長を紹介しにきたんだ。そういえば、新課長は最近までバイヤーとして海外赴任をしていたと、ちらっと聞いた記憶が……。

じっと、鬼木さんの隣にいる男性の顔を見た。

その視線に気づいたのか彼も、私のことを見た。

「……っ‼」

——初めて見る驚いた顔。だってあの日は、ふにゃふにゃと笑っているか、快感で苦しそうに喘いでいるかのどちらかだったから。

〝なぜあなたがここに……！〟と、私とまったく同じ心情を顔に出した彼は、あの夜のかわいい甘えたな冬馬さんとは違っていて。スーツを格好良く着こなし、眼鏡が似合う、デキる男といった風貌でそこにいた。

「彼が私の後任。今日からオーダーメイド三課の課長になる、土屋《つちや》冬馬くんだ」

あ、名字は土屋っていうんですね。こんな形で知りたくなかった……。

私と彼は見つめ合ったまま、二人の間にだけ〝気まずい〟としか言いようのない空気が流れる。ああこれ、どうすればいいの。

意外と冷静な感想と、今すぐ灰になってサラサラと風に飛ばされてしまいたい気持ちで、私の心は大変なことになっていた。

新課長の自己紹介が済んで、オフィスは歓迎ムードの拍手に包まれた。またザワザワしながらそれぞれの持ち場に戻っていく社員たち。その中で、鬼木さんを見送ったあと自分も一度部屋を出ようとした冬馬さんは、間際にちらりと私のほうを見て合図する。

私も自分のデスクを離れ、部屋の外へ。

始業時間の直後はもぬけの殻になる休憩スペース。そのカウンター席で私たちは、ひとつ分席を空けて座り、視線も合わせず他人を装う。誰に目撃されても怪しくないように、たまたまそこに居合わせた二人を演じる。〝どうしてあなたがこの会社に〟なんてことは、もうお互い口に出すのも億劫だった。

二人きりの休憩スペースに漂う、明らかな〝やってしまった〟感。

一週間後に同僚（しかも同じ課の上司と部下）になるとわかっていたなら、私はこの人を誘わなかった。彼も私を抱こうなんて思わなかっただろう。セフレになろうなんてとんでもない。

目の前の窓に映る彼は困りきった顔をしていた。あまり見ていたくなくて、私は目線を下に向ける。すぐ隣から声がする。

「ちょっと一旦、なかったことにしようか」

……ですよねぇ。

やっぱりそうなるか。

私も間髪入れずに答える。

「同感です」

あんなメールで浮かれちゃってバカみたい。

この関係、始まって一週間で終わりみたいです。

――つまらない展開にがっかりしていたら、また隣から声がした。

「……抱きたすぎて夢に出てきそう」

「…………えっ？」

この関係、ほんとに終われる？

第2章　会社ではしません！

「舟木」

課長席から名前を呼ばれて、私はぴくっと反応して顔を上げる。呼んだのが冬馬さんだと認識して、「はい」と返事をしながら立ち上がる。彼の鎮座する席まで歩いていく。

締結後、すぐさま白紙に戻された私たちのセフレ契約。「一旦、なかったことにしよう」と言われたその一週間後、彼は驚くほど高い順応力で私のことを〝舟木〟と名字で呼んでいた。

「なんでしょうか」

だから私も負けじと、何もなかったような顔で彼の前に立つ。あなたが何もなかった風に振る舞えるなら、私だってもちろん、その演技に合わせることができる。

座っている彼は目線を手元の資料に向けたままだ。ぺらりと一枚ページをめくる指先に視線を奪われる。細長くて清潔な指先。――それが、あの夜には私を乱していた。

〝どの指が入ってるかわかる？〟

唐突に思い出した意地悪な声と、繰り返された愛撫。答えをはずすと指を増やされ、彼は私の嬌声を頼りにイイ所を探り当てた。その後は、私が達するまでひたすらそこを擦るのをやめなかった。……優しい顔して意外とSっ気があったな。

勝手に気まずくなってきて、口を変な形に結ぶ。

「あの……土屋課長。ご用は」

「……うーん」

私の複雑な胸中など気づきもせず、彼は書類を前に唸った。よくよく見ると、それは私が先週作成した素材リストだった。

「……あの、どこか間違っていましたか？」

「いや、違う。俺がまだよくわかってないから教えてほしいんだけど……この、素材の在庫がないときの、代替案は誰がどうやって決めてる？」

彼はとても自然な動作で私に書類を見せる。綺麗な指先が示していたのは、今度都内に新しくオープンするフランス料理店に置かれるチェアの素材だった。

「システムですよ。今は素材の在庫がすべてデータベースで管理されているので、代用できる素材候補が勝手に表示されるようになっているんです」

「なるほどなぁ。どういうアルゴリズムなんだろ。ただ単に形状か……？」

「……すみません、そこまではわかりません」

正直にそう言うと、「や、そりゃそうだ」と彼はフォローしてくれた。そしてまた険しい顔をしてリストを見つめる。……冬馬さんが仕事してる。いや、課長だから当たり前なんだけど。キリッとした顔を見せられると、あの夜は一体なんだったんだろうと思ってしまう。

〝抜きたくない〟とか。

〝イっていい……？〟とか。

私の上でもどかしそうに懇願していた顔を思い出す。――だめだ！　仕事中に何を考えているの。自分をたしなめて姿勢を正す。

冬馬さんはまだ難しい顔でリストを眺めている。……もう席に戻っていいだろうか？

「……あの」

声をかけると。

「だっさいんだよなぁ……」

彼はそう言った。

〝ダサい〟。ぺらりと資料を捲った彼は、システムがはじきだした素材についてそう言った。決して私のセンスが否定されたわけではないし、ましてや、私自身に対して言われた言葉でもない。

わかっているのになんだかムッとしてしまった。

「……ダサい、とは」

「あ、ごめん。舟木に言ってるわけじゃなくて」

「作り直します」

「え？」

「リスト。納得いかないんですよね？　作り直します。……どうすればいいですか？」

冬馬さんはリストから顔を上げて、面白いものでも見るかのように口角を上げて言う。

「真面目だね、舟木さん」

「……普通です」

彼が口にした〝真面目〟という単語にピクッと反応する。冬馬さんは知らない。それ、私にとってのＮＧワードなんですけど……。

ああでも、ビッチな私に対する嫌みのつもりなのかも。〝それならまあいいか……〟なんて私が思っているうちに、冬馬さんはデスクの上のメモ張を一枚破って、そこにさらさらと何かを書いた。

手渡されたメモを見ると、そこには人の名前が並んでいる。

「……これは？」

「全員社内の人間だよ。知らない？　デザイン部の柏木《かしわぎ》さんに相談して、代用するならどんな材質や色が合うのか訊いてみて」

「え」

「それからマテリアル部に行って、一宮《いちみや》さんに輸入素材も含めて使えそうな素材がないか確認して。たぶんこのシステム、輸入のアンティーク部品は含まれてないから、訊いてみれば選択肢広がると思う」

「作り直してくれるんでしょ？　柏木さんは女の子にも厳しいから頑張って」

まくしたてられ、しかも思っていた以上に大変そうな作業に顔が引きつる。にこにこと笑う冬馬さんは、笑っているけれど有無を言わせない雰囲気だ。また新しい顔を見た。

そもそも冬馬さん、なんで異動してきたばかりでこんな社内の人間のこと知ってるの⁉

この一週間、席にいないことが多いなぁとは思っていた。どうやら社内の人脈づくりをしていたらしい。意外と抜け目がない……。

冬馬さんのメモと素材リストを手に、私はよろよろと課長席を離れる。

デザイン部に行くためエレベーターを待ちながら、まさかこんなことになろうとは……と遠い目でいた。ビッチになると決めて男の人を誘ったら、その正体は会社の上司。しかも仕事をどっさりと振ってくる鬼課長。

途方に暮れながら、冬馬さんが〝舟木〟と呼ぶときの声を思い出す。

（〝美蘭さん〟とはもう、呼んでくれないんだなぁ）

あの柔らかい声で、大事そうに名前を呼んでもらうのが好きだった。セフレだから、そこに特別な感情はないんだけど……。

冬馬さんとの関係はダメになってしまったから、また他の誰かを探さないといけない。元々はそのつもりだった。冬馬さんとは一回だけのつもりだったんだから、これで予定通りだ。

彼とのエッチは、記憶にある行為とはだいぶ違っていた。ビッチになると決めたとき、エッチが苦痛すぎて嫌になってしまうんじゃないかと少し不安だったけど、まったく苦痛じゃなかった。なんだかものすごく優しくされたような気がする。おぼろげな記憶。他の男の人としても、同じように思えるだろうか？

ポーン、とエレベーターの到着音が鳴る。上向きのランプが点滅する。無人のエレベーターに乗り込む。もう一度、手渡されたメモを見た。箇条書きされた部署と担当者の名前。強くて綺麗な字で書かれたそのメモの最後には、〝頑張って〟と書かれている。

こういう気遣いって、上司だったら普通なんですか？

なんとなくやりきれない。もやもやと、ちょっと寂しい。複雑な気持ち。

ビッチへの道のりは険しい……。

その日の夜。いつもなら七時にはとっくに退社しているところ、私は十時を過ぎてもデスクのパソコンに向かっていた。

「――――できました！　送りました！」

嬉しくて思ったよりも大きな声が出てしまった。オフィスには冬馬さんしかいないことを確認するも、ちょっと恥ずかしい。

オーダーメイド三課は、前課長の鬼木さんの方針でほとんど残業をしない。みんな遅くとも八時にはきちっと仕事を終わらせて退社していくのだ。そんななか、この素材リストだけは今日中に得意先に送っておかなければということで、私はやっと完成した資料を冬馬さんにメールで送った。

「ありがとう。今確認する」

そう言って彼はすぐ席を立ち、コピー機で出力した素材リストを手に取ると目を通しながら席に戻り、しばらく黙っていた。

「……舟木」

「はい」

名前を呼ばれて、私も自分の席を立っておそるおそる彼に近づいていく。冬馬さんはリストから顔を上げると意地悪くにやっと笑った。

「柏木さんには怒られなかった？」

「怒られました……。システムで出した代替案候補に〝ダサすぎる！〟って。〝家具が死ぬだろうが！〟ってもう、カンカンで」

「ははっ、イメージできるわ。そう言うだろうと思った」

今度は無邪気に笑う顔にきゅっと胸が苦しくなる。

それを表に出さないよう、会話を繋ぐ。

「でも、すごく考えてアドバイスしてくれました。忙しそうだったのに」

「みんなに分け隔てなく厳しい人だけど、みんなに分け隔てなく優しいんだよ、あの人は」

「……よくご存知なんですか？」

「まあ、新人の頃よく怒られたから」

「そうでしたか……」

〝新人の頃〟と言われて、ああそうかと腑に落ちた。彼は最初からずっと海外赴任をしていたわけじゃあない。課長になったくらいだし、私よりキャリアが長い。当然私よりも年上で……いくつなんだろう？

あの夜は年齢なんて少しも意識していなかった。〝たぶん年上なんだろうな〟ってぼんやり思っていただけだった。

だって甘えてくるから。

〝美薗さんお願い、もう少しこのまま……〟

……いい加減思い出すのやめようよ、私。

精一杯真面目な顔をつくって、彼のリストチェックが終わるのを待つ。

「――うん、ＯＫ。完璧。よくできました」

そう言って、上司の顔で褒められた。ぶわっと体温が上がる。全身がさざめいて、息が上手にできなくなる。この気持ちはなんだろう？

「……ありがとうございます」

小さな声でそう返すのが精一杯。

冬馬さんがパソコンの電源を落として帰り支度を始めたので、私は彼のそばでハッとして顔を上げる。

「帰ろうか」

「っ、はい」

「今日は悪かった。こんな遅くまで残して」

二人きりになったって、冬馬さんはあの夜のことをおくびにも出さない。意地悪な顔をして見せてもそれは上司の顔だし、私のことはきっちり〝舟木〟と呼ぶし。

あの夜のことは全部、ちゃんとなかったことになっていて。

「……土屋課長も、鬼木さんと同じノー残業主義でいくんですか？」

「うん。仕事時間より効率のよさが評価されるべきだと思うし、夜遅くまで働いたら次の日朝から頑張れないだろ。それに……」

彼はなんでもないことのように言った。

「そもそも俺自身、低血圧だし」

あ。

その話、この間メッセージで……。

彼も言ってからそれを思い出したようで、ごまかすように咳ばらいをした。

「まあ、だから、残業はなるべく発生しないようにする」

対する私はにやけそうなのを我慢しながらつい、出来心で。

「……低血圧の人は、朝からあんなに激しく動けません」

そう言ってビッチらしくちらりと目くばせをする。残念ながら〝色っぽく〟というよりは、どちらかというと〝悪戯っぽく〟だったけれど。帰り支度をしていた冬馬さんは一瞬目を丸くして、それから「ふはっ」と気が抜けたように笑った。

「やめて」

「どうしてですか?」

食い気味で尋ねると、冬馬さんの目が変わった。上司の目が男の目になった瞬間を見て、照れてしまう。

大きな手が伸びてきて私の頭を抱く。掠《かす》れた声がした。

「ムラムラするから。……ずるいなぁ」

不本意そうな顔が引き寄せられるように近づいてきて、私にキスをした。目を閉じる前に一瞬見えた顔は、笑っていたような気がする。

二週間ぶりのキスだった。

「……ん」

誰もいない夜のオフィスで、冬馬さんは角度を変えながら何度も口を吸う。ちゅっ、とわざと大きな音をたてるから恥ずかしくなる。

私も、そのキスを受け入れる。胸に置いた手できゅっとワイシャツを掴む。

しばらくそんなキスを繰り返して、吸われた唇がじんじんと腫れるように痛くなってきた頃。ようやく唇が離れていった。

冬馬さんは、セックスしたときのように激しい目をしてから、段々その目を優しくまぁるくして。

悪戯っぽく笑って、呼ぶ。

「美薗さん」

名前を呼ばれて全身がさざめいた。

私はこの人に名前を呼ばれると、嬉しい。

課員が全員退社した夜十時過ぎのオフィスで、私たちは体を寄せ合っていた。冬馬さんのデスクの前で二週間ぶりのキスをたっぷり味わうと、彼は私を抱きしめたまま、観念したように息を吐く。

「……だめだ。本当にムラムラしてきた」

フーッ、と。少し興奮気味の呼気が首筋にかかってくすぐったい。彼は正面から私を抱きしめ、うなじに顔をうずめてくる。

冬馬さんの体温にドキドキしながら、動揺を悟られまいとおとなしくじっとしている。彼が自分に対して興奮していると思うと恥ずかしくてたまらなかった。

「……なかったことにするんじゃありませんでしたっけ？」

「美薗さんが言いますか？　それ」

冬馬さんの口調はすっかり、会社で再会する前のそれに戻っている。部下に対する口調が敬語に変わって、不思議な気分だ。

「せっかく上手に繕えてたのに。メッセージのことを持ち出すのはずるい」

「自分が先に言ったんじゃないですか……」

「〝低血圧〟ってやつ？　あれはうっかりです」

そう言いながら、冬馬さんは私のこめかみにちゅっとキスを落としてくる。それが照れくさくて、私はずっと俯いたまま。

「もう一週間前ですね、あのメッセージ送ったの」

「……そうですね」

「本当はあの夜に会うはずだったのに」

「……」

「会って、もう一回べたべたのセックスするはずだったのにね」

「っ」

耳の上から降ってくる言葉が、ずっと私の頬を熱くさせていた。冬馬さんの使う言葉が直接的すぎるというのもあったけど、それ以上に嬉しかった。なかったことにした関係を惜しんでくれていたみたいで。

残念に思っていたのが私だけじゃなかったみたいで、嬉しい。

黙ってないで何か言わなきゃ、と思って顔を上げる。視界は至近距離にいた冬馬さんの甘い笑顔でいっぱいになった。

「……どうかした？」

「い、え……」

無性にドキドキしてきて、また何も言えなくなってしまう。

冬馬さんはご機嫌で、私の頭を片手でぽんぽんと撫でるともう一度ぎゅっと強く抱きしめた。

「やばいなぁ……」

「やばい、ですか？」

「うん、すごくやばい。こうしてるといろいろ思い出します」

「……いろいろ？」

「いろいろ。抱き心地とか、肌の匂いとか……締め付けてくる具合とか」

「ばッ……！」

「ば？」

バカですか！　と思わず叫びそうになった。

危ない。ビッチはたぶんそんな子どもっぽい反応しない。

言われたことを意識して、ちょっと体がもどかしくなってしまったのを身をよじってごまかす。どう反応するのが正解……？

探り探りで、言葉を選ぶ。

「……ばっ……」

「うん？」

……〝ば〟から始まる言葉が思いつかない！

冬馬さんの顔を見上げながら頭の中を真っ白にしていた私に、彼は子どものように笑ってとんでもないことを言う。

「ああ、〝バック〟ですか？　美薗さん好きですよね。正常位のときよりも声が高くなって……」

「……っ！」

そんなこと言うわけがない……！

しかも、好きじゃない！

そりゃなんか凄かったけど…………でも別に好きなわけでは！

顔を手で覆ってしまいたかった。首を横に振って「違う、違うんです」と泣いて弁解したい気持ちだった。だけど私はビッチだったので。

表情を隠すために甘える素振りで額を彼の胸に擦りつけて。

「……そう、ですね。好きです」

羞恥心で消えてしまいたいと思いながら肯定した。冬馬さんはおかしそうに喉でくっと笑う。この人、私のことほんとにすごいビッチだと思ってるんだろうな……。計画通りなのに、どうにも恥ずかしさが拭えない。

それにしても。いつまでこうして抱き合っているつもりなんだろう？　心地いいけど、忘れてはいけない。ここは会社だ。

それをわかっているのかいないのか、彼は穏やかな声で言った。

「俺たち、体の相性良かったですよね」

「……そうですね」

「美薗さん」

うつむいていようと思ったけど、名前を呼ばれると声に引っ張られるように自然と顔を上げてしまう。目前には、穏やかに笑う冬馬さんの顔がある。

あの夜と違うのは眼鏡をかけているということだけ。

「やっぱり続けましょう、セフレ。うまく隠せる？」

「……あ、え」

〝やっぱり続けましょう〟

今言われたばかりの言葉が耳の中でリフレイン。

続ける？　……冬馬さんと？

明日からも名前を呼んで抱きしめてもらえる？

そんなの、考えるまでもなかった。

「……その言葉、そっくりそのままお返ししますよ。うまく隠せるんですか？」

口が勝手にそう返事していた。

冬馬さんは「うん、頑張る」と満足そうに笑った。

「じゃあ改めて、よろしくお願いします、美薗さん」

依然としてオフィスで彼の腕に捕らえられたまま。「んー」と機嫌よくキスしてくる唇を受け入れながら、私はタイミングを窺っていた。

「ン……はぁっ、あの……」

「何……？」

「そろそろ、帰りません？　もう誰も残ってないとはいえ……」

ここ、会社ですし。

なんなら場所を変えて、もう少しこうやってくっついていたいんですが。

それをどう言えばビッチらしく聞こえるかを考えている間に、冬馬さんが動いた。

「え？」

本当に一瞬の出来事だったので、何が起こったのか理解が追い付かず、目をパチパチとさせた。――まぶしい。視界が蛍光灯の光で満たされる。

私は押し倒されていた。冬馬さんのデスクの上に。

「……え？」

なんで？

「ドキドキする？」

蛍光灯の光を遮るようにして上を陣取る冬馬さん。私の脚の間に片脚をねじ込んで、片手でネクタイをゆるめながら、ぺろっと楽しそうに舌舐めずりをしている。……いやいや

いやいや！

「なっ……！」

何コレ！　まさか、えっ……ここで⁉　嘘でしょう⁉

内心パニック状態で、私はデスクの上で硬直した。眼鏡をかけたままの冬馬さんが覆いかぶさってきてまた甘いキスを降らす。

「ん……んんぅ！」

「ん、っは……あーこれ……興奮するなぁ。かっちり着込んだ仕事服を乱すのって……」

あっ、やっぱりするんだ……！

離れていった唇が、今度は首筋を往復して熱を残していく。私は片手をデスクに押さえつけられたまま、首筋に与えられる甘い痺れに悶えていた。

プチッ、プチッとボタンがはずされる気配。冬馬さんが私の服を脱がそうとしている。

「ちょ……ちょっと！」

「なんです？」

「ここっ、ではっ……やめておきませんか……！」

首筋の次は耳の裏。はぁっ、と興奮の吐息を漏らす冬馬さんの気配を顔の真横に感じながら、私はあくまで〝提案〟という体でこの行為を止めさせようとした。あからさまに嫌がったんじゃ怪しまれるかもしれない。

「やめるんですか？」

「もっと、落ち着いて、集中できるところでゆっくりっ……」

「そんなこと言って、美薗さん」

「ひぁッ⁉」

内腿をストッキングの上から撫でられてのけぞる。冬馬さんが首筋から顔を上げたときには、私のブラウスのボタンはひとつ残らず綺麗にはずされていた。

「経験値の高い美薗さんは、ホテルや家ばっかりじゃ刺激が足りないんでしょ？」

「は……‼」

何それ、ビッチ計り知れない……！　ホテルや家でいいよ！　充分だよ！

心の中ではそう叫んでいても、本音をバラすわけにはいかなくて。

「………当然です！」

半ばヤケになって答えていた。

冬馬さんは「だと思った」と嬉しそうに笑ってまた私の首筋に顔をうずめた。前が完全にはだけたブラウスを払いのけて、大きな手がブラのカップを包み込む。

「ん……」

ピクッ、と自分の眉が動くのがわかった。声が漏れないように手の甲で口元を押さえても、感じていることは隠し切れない。

冬馬さんの手のひらと指が、絶妙に強弱をつけて胸を揉むと、私の体はすぐに熱くなってしまう。

「……はぁ。……久々の美薗さんの感触……」

冬馬さんはそう言って、噛みしめるようにふにふにと揉んでくる。胸や口の端、首筋などいたるところに唇を落としながら、たまに首筋に〝すり……〟と額を甘えるように擦りつけて。

それを〝かわいい〟と思ってしまった私は無意識に手を伸ばし、彼の柔らかなダークブラウンの髪を撫でた。

「っ……冬馬さんっ……」

彼は私が呼んだ声に弾かれるようにして顔を上げ、〝ハアッ〟ともどかしそうに求める目で射抜いてきた。名前が、彼のスイッチらしかった。

「そう呼んでもらうのも、二週間ぶりですね」

「えっ……あ、ぁっ」

「思った以上にキました……今ので完全に勃った」

「っ……！」

自己申告のあとにぐいぐいと押しつけられて、私は衣服越しに自分の下腹部でその硬さを感じた。名前を呼ぶだけで彼はこうなってしまうんだと、恥ずかしい反面、嬉しくて。

脚の間がジンジンと疼きだす。

「……欲しくないですか？　ここに、コレ……」

冬馬さんはきちっとスラックスを穿いたまま、わざと緩慢な動きで大きく腰をグラインドさせる。

「あっ……あッ」

それは決して貫通しないとわかっているのに、彼が私のナカにいるときと同じ快感を思わせた。決して奥には届かない。だけどお腹の裏側を撫でられているみたいな。もどかしいのに「気持ちいい」とこぼしてしまいそうな。

「欲しい」と言えば挿れてもらえる？

体が期待する一方で、それでもここが会社だと思うとそわそわして落ち着かない。

「ねぇっ……あのっ」

「ん……？」

「見回りのっ……警備員さんが、来るかも」

「あぁ……」

お互いの呼吸の荒さに、お互いが興奮を覚えている。この状況で、やめてもらおうなんていうのは望み薄な気がしていた。

「〝見られちゃうかも〟って……そのスリルが、いいんですよね？」

「あ」

「本当にいやらしいな美薗さんは」

「えっ……――あぁぁッ！」

辱められると同時に急な異物感に襲われた。冬馬さんは私のことを〝いやらしい〟と言って、ストッキングとショーツの中に手を入れると、一気に蜜壺に指を突き立てた。

「ほら、下着越しにしか触れてなかったのにもうこんな……。それとも、キスで濡れましたか？」

「ひッ、いっ、あッ……ゆびっ……曲げ、ちゃ……はぁんっ」

「違うよね……見られるかもしれないから、興奮してるんでしょう？」

「っ……」

「さすがだなぁ」

「んふっ……ん、んッ！　あッ……あぁぁっ」

悠長なしゃべり方からは信じられないほど激しく指を動かされていた。冬馬さんが何を言っているのかも、頭の中でうまく処理できなかった。

だらしなく顔がゆるんでいくのがわかる。

「会社で上司とこんなことして……どっからどう見てもビッチです、美薗さん」

「ふっ、ンンッ……」

「ははっ、顔、蕩けて……すごくエッチだ。かわいい……」

グチャグチャとはしたない音がオフィスに響いていた。彼はお腹の裏のザラつく部分を指で撫でながら、蜜口のすぐ上にある突起をいじることも忘れない。同時に刺激して、冬馬さんのデスクの上でビクビクと跳ねる私の体を押さえつけながら、彼は私の唇を舐めた。

「はっ、あ！　んぅっ……冬馬、さっ……だめっ！　ぁっ」

「イきそうなんですか？　……一人で？　それは寂しいな」

「っく……」

「ねぇ挿れさせてくれたら、二人で気持ちよくなれますよ」

冬馬さんは興奮していてもまだ少し余裕があるようで、小さく笑いながらキスを繰り返す。指は私のナカを掻き混ぜたまま。

挿れるって、ここで体を繋げるってこと？

それだけは、人に見られたら洒落にならない。

「あっ、あんっ……いや、いっ……挿れっ、る、のはっ……んあぁっ！」

「嫌？　本当に？　……嫌だ嫌だって言って煽ってるだけ？　そのほうが興奮するんですか」

「違うっ……」

「こんなに美味しそうに俺の指を締めつけておいて……」

「ひ、ぁっ……」

ナカを指で刺激され続けて、快楽に耐えようとお腹に力が入りっぱなしになっていた。

その我慢を崩すように冬馬さんの長い指が、私の感じるところを的確に擦りあげていく。

「んン――ッ……！」

「イきたくてたまらないくせに……もっと太いのでガンガン突かれたくないですか？」

「やっ」

「欲しいんでしょ？　美薗さん。…………おねだりしてほしいなぁ」

甘えるようにそう言いながら彼は、片手でカチャカチャと自身のベルトをはずし始めた。

壁に掛けられた時計の音が響いている。それから冬馬さんの浅い息遣いと、私の脚の間でグチャグチャと鳴っている水っぽい音。一番大きいのは、私の内側でバクバクと鳴り響いている心音。

私たち以外に誰もいない深夜のオフィスは、静かなのにうるさい。

「ねぇ美薗さん」

冬馬さんはベルトの前をはずして、いつでも彼自身を取り出してきそうな状態だった。息を荒げて、完全に欲情して。さっきまで上司の顔で笑っていたくせに。

押し倒されたデスクの上で彼を見上げて、私はそのギャップにもドキドキしてしまう。

「思い出さない？」

「ん……んんっ！　……ひあぁっ」

ぱちゅぱちゅと指を動かすのを止めないで彼は尋ねてくる。冬馬さんは私がイきそうになると絶妙にポイントをずらしてナカを擦り、少し落ち着くとまた弱い部分を攻めた。

そうやって啼かされながら、つい、はずされたベルトのほうへ視線をやってしまう。ベルトの下の股間部分が不自然に膨らんでいる。

――思い出さないわけがない。朝にはおぼろげだったけど、あんなに鮮烈な行為は絶対に、記憶から消えたりしない。

初めての夜。彼は私の頭を掻き抱きながら、ベッドに縫い留めるようにナカを強く穿《うが》ち続けた。

〝……美薗さん……美薗さんっ。あぁっ……〟

何度も何度も私の名前を呼んでいた。

思い出して更に脚の間がもどかしくなる。あれからたった二週間だ。二週間で、こんなに……。こんなに自分は、はしたない体になってしまった？

冬馬さんは〝我慢できない〟というような荒い息を私の耳に吹きかけてくる。

「……柔らかくなってきた。挿れていい？」

ふるふると首を横に振る。

さっきからずっと彼に指を入れられたままで、感じさせられっぱなしで。口を開けば喘いでしまうから、まともに口を利くことができない。

私が拒んだことで冬馬さんは少し不機嫌にそう眉をひそめる。

「どうして？　……ほんとはこんなところでするの怖い？」

「っ！　そんな、ことっ……う、ぁ……あ、ありま、せ……ふぁぁっ」

「そうだよね……。スリルは感じても、びびったりするはずがないか。だって美薗さん、ビッチだし」

「ひうっ……」

やっぱりうまくしゃべれない。

怖いに決まっている。こんな、脚を開いてよがっている場面を他人に見られたら、明日からどうやって生きていけばいいのかわからない。

一方で絶対に口にできない願いもあった。このままイかせてほしい。もっとずっと、イイところを擦り続けてくれたら達することができそうなのに。彼は完全に私の絶頂域を見極めて、そこにたどり着く前に指の動きを弱めてしまう。

「冬馬さぁん……ん、んんぅっ……」

〝やめて〟と言うべき口が〝もっとして〟と懇願しそうになる。

いくらビッチになるとは言っても、それは。

「待って」

「んぐっ……」

急に手のひらで口を塞がれた。少し汗ばんだ手のひらが、鼻にもかかって息がしづらくなる。冬馬さんはそのまま背後を振り返ってドアのほうを見た。

（……何？）

私のナカで激しく暴れていた指は動きを止めた。けれど冬馬さんの突然の挙動に、体を緊張させた私はナカできゅうっと、その指を締めつけてしまう。

「……今、締めましたね？」

指摘されてカァッと頬が熱くなる。意地悪く笑った冬馬さんは、それだけ言うとまた背後を振り返り、何かを確認しているようだった。

「な……なんです」

「……なんか足音しません？　警備かな？」

「えっ」

まさか、と血の気が引いた。冬馬さんを見つめると、彼は私のナカからずるりと指を引き抜き……あろうことか、また腰を押し付けてきた。

「あっ、やだっ……！」

「静かに。美薗さん。本当に見られたいの？」

「はッ……」

「ねぇもういいでしょう。いつまで焦らしたら気が済むんですか？　……挿れさせてよ」

ちゅっと音をたてて耳にキスをする。スラックスの前をくつろげたことで、隔てるものがお互いの下着だけになったソコをやらしく擦りつけてくる。――硬く張り詰めているのがわかる。さっきよりも熱が伝わってきて、たまらない気持ちになった。

だけど意味がわからない。見られてしまうかもしれないこの状況で、どうして挿れようとするの？

「……いや。だめ、いやっ……」

「煽《あお》らないで」

「っ、冬馬さん、ほんとにっ……」

「優しく突くから。声、自分でちゃんと我慢して」

「できません っ……」

「……ほんとに。加虐心を煽る演技が上手ですね。泣かせたくなる……」

演技じゃない。私は本当に泣きそうになっていた。

こんな姿は誰にも見られたくない。その一心で聴覚が敏感になる。

彼の言う足音はどこ？

「入りますよ美薗さん」

「っ……！」

ぎゅっと目を閉じた。どうなってしまうのか、もうわからなかった。見つかってしまったとき、彼がどうするつもりなのか。

恐怖に震えながら、挿入の衝撃にそなえて手の甲で自分の口を封じる。

しばらくそのまま目をつむっていた。だけどいくら待っていても、私のナカには何も入ってこなかった。……どういうこと？

おそるおそる目を開けると、冬馬さんがじっと私を見下ろしている。下着は依然として穿いたままで、その中で凶暴にいきり立っている気配は感じるが、ソレを無理やり捻じ込んでくる様子はない。

「な……なんなんですか」

私は不安がピークに達して、ついに問いかけていた。

冬馬さんは読めない表情でつぶやく。

「……足音、気のせいだったみたいです」

「あ……そう、ですか……。は、はは」

不自然な笑い声が漏れた。彼には気づかれていないといい。私の脚はカクカクと震えている。それほど私は、人にこの状況を目撃されてしまうのを恐れていたらしい。

「……美蘭さん」

すっと冬馬さんの体が離れていく。

「……冬馬さん？」

なんで解放されたの？　……もしかして、びびっていたのがバレてしまった？

探るように冬馬さんの顔を見ると、視線に気づいた彼は情けなく笑った。

「ごめん。……会社でなんて、やっぱり俺にそんな度胸がないです」

〝満足させてあげられなくてごめんね〟と言って、大きな手で頭を撫でてくる。

私は拍子抜けして、目をパチクリさせて彼を見つめ返す。——冬馬さんのほうがびびった？　さっきまであんなにSっ気たっぷりで攻めてきたのに……？

いやぁもう、そんなことはどうでもいいか。とにかく私は助かったのだ。

命拾いしたことに歓喜しながら、それはビッチの正しい反応じゃないなと思った私。

口をついて出てきたのは、こんな言葉だった。

「……意外と意気地なしですね！」

冬馬さんは〝ぶっ！〟と吹き出した。……なぜ吹き出す？

まだ私をデスクの上に押し倒した体勢のまま、後ろを振り返って今度は〝けほっ〟と咽《むせ》ている。心なしか背中が震えているような気もする。……なぜ？

「……冬馬さん？」

「あ、いや……うん、そうですね。意気地なしじゃないところは、また今度見せてあげる」

そう言って、彼は子どもっぽく無邪気に笑って私の頭を撫で、デスクの上から引っ張り起こしてくれた。乱した服もボタンをひとつひとつ丁寧にかけて、整えてくれた。次いで自身のベルトを締めなおす。

「送るから、もうちょっと待ってくれますか」

「待つ？　帰り支度はもうできて……」

「……美蘭さん、察して。男はそんな急に治まらないんです」

「あ……」

そういうことですか……と、理解した私は小さくなって赤くなる。彼のスラックスの股間部分はまだ膨らんだままだった。意気地なしでも、したかったというのは本当なんだろう。私はそそくさと荷物を取りにいく素振りで自分のデスクに座り、彼と距離を取る。

……いけないなぁ、こういう反応も。経験値が低いから、男の人がこういうときどんな状態かということにまで気が回らない。

こんなんじゃ、本当はビッチじゃないとすぐにバレてしまう。バレてしまったら、冬馬さんはこの関係を続けようなんてもう思わないだろう。

真面目で融通の利かない女は、セフレに向いていないから。

冬馬さんは自分のデスクに寄りかかって、眼鏡をはずして目元を押さえていた。目が疲れたのだろうか。私は自分の席から問いかける。

「……眼鏡、度は入ってるんですか？」

「入ってるよ。肉眼でもまあまあ見えるけど、遠くはぼやけてしまうし普段から掛けてる」

「そうなんですね」

「抱いてる最中の顔は見えてるから安心してください」

「誰も訊いてないでしょうそんなこと……」

そう言いながら、本当はちょっと気になっていた。あの夜散々晒した痴態を思い出し、あれもこれも、あんまりよく見えていなかったならいいなと思った。残念ながら見えていたらしい。

会社で眼鏡をはずした彼は、眠そうな蕩ける笑顔で問いかけてくる。

「美薗さんは？　きみも二人で会ったときと会社とじゃちょっと印象違うけど、どっちが素？」

「……どういう風に違います？」

「会社のほうがかっちりしてるかな。出会ったときは酔ってたせいかもしれないけど」

酔っていたときのことは、正直あまり記憶にないけれど、彼がそう言うのならばうまく振舞えていたんだろう。対して〝かっちりしている〟という会社での評価は、私がつまらない〝真面目ちゃん〟だとバレる原因になりかねない。

「……冬馬さんは、どっちが素だと思いますか？」

「え？　……うーん。どうだろ？　どっちも……」

「これからわかることですよ」

とりあえずはぐらかしておく。

「セフレ、続けるんでしょう？　それならこれからわかることです」

「ああ……なるほど。そうだね。いいなそのセリフ……暴きたくなる」

私の選んだ言葉は及第点のようだった。冬馬さんは挑発的に笑うと、眼鏡をかけなおして自分のバッグを手に取った。こちらに歩いてくる。体はもういいんだろうか。

私も一緒に出ようと、自分のバッグを持ち上げた。

「……ひゃっ」

寄ってきた彼は急に抱きしめてきて、突然のことに私は手に持ったバッグを取り落としそうになる。ふわっと香る冬馬さんの匂い。

「と……冬馬さん？」

「一人でしちゃダメだよ、美薗さん」

「は……」

「明日も仕事だから今日はもう帰すけど。ココ、もどかしくても絶対に自分で触っちゃダメですからね」

「っ……」

ココ、と言いながら彼は膝でスカートをたくし上げ、私の脚の間を擦ってくる。さっきまで散々指で乱されたその場所は、やっと熱が引いてきていたのにまたジンジンと疼きだした。これから帰宅するというのに。

まだ湿っていたソコは、冬馬さんのスラックスの膝部分を色濃く濡らしていく。

「は、ぁっ……もっ……」

「ちゃんと我慢できたら、次はめちゃくちゃに突いてあげます。乳首もクリも一緒に弄りながら……美薗さんの大好きなバックでも、たくさん」

「やッ、好きじゃなっ……好きですけど！」

そういう設定にしたんだった！

自分の発言を悔やみながら、体を溶かされて。

しばらくそうしたあと、冬馬さんは満足して私を解放した。

「帰ろうか」

とんでもない夜でした。


二週間ぶりに仕事以外のことでしっかり会話した冬馬さんと、帰りのタクシーの中でも少しだけ話をした。

改めて、まさかこんな形で再会するとは思わなかったこと。冬馬さんはずっと海外でアンティーク素材を探し、商談会を兼ねた展示会への参加や個人の収集家との交渉をしていたこと。一カ月前、突然東京本社に戻るよう辞令が出たこと。

「なんで急に……と思った」

「栄転でしょう？」

「そうだけどさぁ」

「……不満だったんですか？」

「不満というか……自分は管理職よりも現場のほうが向いてると思った。ずっと個人プレーだったし。人に指示したり怒ったりするのは苦手なんだよ……これ、課の人達には秘密ね」

彼はやけにあっさり自分の内側を見せてくる。

「……セフレ相手に、本音を話しすぎじゃありません？」

運転手には聞こえない程度の声でそう問いかけると、窓側にもたれていた冬馬さんは目を丸くして私のほうを見た。

「逆に今更隠すことなんてある？」

「……あぁ」

え？　そういうもの？

あまりに〝当然〟とばかりに言うから、こっちもうっかり納得しそうになったけれど。

セフレってそういうものでしたっけ？

釈然としない私の手を、シートの上で握って、彼は言う。

「この上ない秘密を二人で抱えてるんだから……仲良くやろうよ」

ね、と言って、いつかの甘えるような顔で見つめてくる。私は冬馬さんのそんな顔が嫌いじゃなかった。握られた手をそのままにして聞き返す。

「課長になったのって、スピード昇進ですよね？」

「そうだね。世間一般で言えば」

「冬馬さんって歳いくつなんですか？」

「いくつに見える？」

それは教えてくれないのか。私がむっとして見せても、彼はニヤニヤするだけだった。

理知的な眼鏡。アーモンド形の綺麗な瞳。すっと通った鼻筋。ふわっとしたダークブラウンの髪。柔らかく上がった感じのいい口元。――その中に少しのあどけなさが混じるせいで、わからなくなってしまうのだ。課長になるくらいだから、自分よりはきっと年上なんだろうけど。

「それもきっとこれからわかるよ。引き続きセフレなんだし」

言われて、それもそうかと進行方向に向き直る。夜の街を自宅に向かって進む。

――引き続き、セフレ。

関係が続くと知って嬉しかったはずなのに、私はどこかちょっとだけ、もやっとした気持ちに悩まされていた。

第3章　あいつとも寝たの？

つい最近ビッチになることを決めた私は、まだまだビッチ力が低い。冬馬さんと二人で残業したあの夜、〝このままではいつかボロが出て、たいしてビッチではないことがバレてしまう〟と危機感を持った。バレてしまったらセフレ契約は解消。それは困る。

オーダーメイド三課の課員がぼちぼち外へランチに出かけていく十二時半。私は作ってきたお弁当の入ったミニトートを手に、階段を一階分下った。会議室横にあるパーティションで区切られた打ち合わせスペースには、この時間ほとんど人がやってこない。

普段なら堂々と自分のデスクでお弁当を食べる私も、さすがに今日はそれができなかった。調べる内容が内容なだけに、隣からスマートフォンを覗かれでもしたら気まずすぎる。

あの深夜残業から三日経って、金曜日。私は今、一人でお弁当を食べる傍らビッチの研究をしていた。

自作のえのきのバターポン酢炒めを口に運びながら、「清楚系ビッチ」で検索をかけていた。

ヒットしたページに書かれていた内容は、まとめるとこうだ。

＊＊＊＊＊＊＊＊＊＊＊＊＊

・男性ウケがいい髪型は黒髪ロング、もしくはふわふわパーマ

・パンツよりも断然スカートを穿くべき

・メイクは薄めに見えてしっかり

・さりげなく、かつ、ゆらゆら揺れて目で追ってしまうアイテムをつける

＊＊＊＊＊＊＊＊＊＊＊＊＊

書かれていることを咀嚼してから自分の姿を振り返ってみる。〝黒髪ロング〟はあてはまる。ただし、そのページのイメージ画像とはちょっと違う。こんなにツヤツヤしてない。トリートメントとか、もっと頑張らないとダメみたい……。

〝パンツよりもスカート〟というのは、心がけ次第なので実践できると思う。家のクローゼットの中にはパンツが多いので、それがもったいなくはあるけれど。ビッチになるため

だ。もったいないとも言っていられない。

〝メイクは薄めに見えてしっかり〟。元々派手ではないけれど……。そのWEBページいわく、薄ければいいというわけではなく、あくまで薄めに見える計算されたメイクのことを指すらしい。〝さすがビッチ、あざとい……〟と感心しながら、自分の時短メイクゆえの化粧の薄さを反省した。

〝揺れて目で追ってしまうアイテム〟。これは……。例として揺れるピアスの画像が表示されている。ピアスの穴を開けるのは、ちょっと。痛いのは嫌だなと思ってから、別にイヤリングでもいいか、と気づく。揺れるイヤリング。かわいいかもしれない。今度買い物に行くときに見てみよう。

一人で昼食を済ませながら、自分を変える計画を立てていた。決めたからには絶対に実行する。私は絶対に、立派なビッチになる。

だけどそのためには自分の外見を変える必要が結構あると知って、また頭を悩ませた。会社で急に変わるのも変だし、「何かあったの？」と訊かれてしまうのも煩わしい。せめて冬馬さんと二人で会うときくらいだけ、変わらなきゃ……。

そう考えながら思った。次はいつ二人で会うんだろう？

深夜残業の日から三日が経ったけど、彼は相変わらずの演技力で真面目な上司の顔でいた。私のことは「舟木」と呼ぶ。間違って「美薗さん」と呼ぶこともない。メッセージは何度かやり取りしたけど、それもこれまで通り他愛のないことだけ。朝に〝ちゃんと起きてますか？〟と訊いたり、夜に〝今日は何食べるんですか？〟と訊かれたり。次の約束を匂わす言葉はまったく送られてこなかった。……あんなことを指示しておいて。

〝一人でしちゃダメだよ、美薗さん〟

二人きりの深夜残業の帰り際に、彼はそう言った。

〝ちゃんと我慢できたら、次はめちゃくちゃに突いてあげます。乳首もクリも一緒に弄りながら……美薗さんの大好きなバックでも、たくさん〟

なんてことを言ってくれたんだろう……。

その言葉を、一言一句覚えている自分が嫌だった。言われた通り、夜にベッドの中で思い出して疼いても、触らないよう我慢している律儀な自分にもうんざりする。なに縛られちゃってるんだ私は……。

昼食を終え、給湯室でお弁当箱を軽く洗うと、ちょうどそろそろ昼休憩が終わる時間。私は布巾でさっとお弁当箱の水気を拭き取り、速足でオフィスへと戻る。その途中、休憩スペースから男の低い声が聞こえてきた。

「舟木先輩って」

舟木、と自分の苗字が聞こえて、つい足を止めてしまう。またか……と思ってうんざりしているのに、自分の話題だとわかるとスルーして歩きだすことができない。息をひそめてパーティションの裏に立った。耳が勝手に声を拾おうとする。

「今日の土屋課長の歓迎会、来るんでしたっけ」

「来るよ。あいつ、お堅そうだけどそういう集まりにはちゃんと来るじゃん」

私の話をしているのは、同じオーダーメイド三課の同僚だった。一人は普段ほとんど接点のない同期。もう一人は、たまに事務処理のフォローをすることもある後輩だ。

決して良い噂ではないとわかっていながら、耳をそばだてるのをやめられない。

「なにお前。舟木に気があんの？」

「まさか！　勘弁してくださいよ、あんなカタブツ相手に勃ちませんって」

「仮にも先輩に〝勃ちません〟はないだろー。いや、わかるけどな？」

わかるんかい……。

彼らの一言一句に、私の腸《はらわた》は煮えくり返る。ぐぐ、と手の中のお弁当箱を軋ませてしまう。普段接するときは無難な会話しかした覚えのない二人が、自分について好き勝手に言っているのは不快以外のなんでもなかった。

「それでもお前、たまに仕事手伝ってもらったりしてるんだろ？」

そうだ。無難な会話しかしていないけれど、後輩のほうとは――後輩の谷川《たにがわ》とは、仕事でも接点がある。こんな話を立ち聞きしてしまうとやりにくいのも事実。……というか、こんなことを言われる筋合いなんてない。

私が聞いていることなど知らない谷川は、軽い口調で言う。

「そうっすね、まあ……仕事は丁寧ですよ。あれでニコリとでも笑ってくれればなァ」

……そんなこと言われたって。

こういう陰口は今に始まったことじゃあないのに、それでも気が滅入ってしまう。本当に。真面目であることはちっとも美点じゃないと、思い知らされてしまう。

目と鼻の奥がツンと痛くなってきて、いけない、と呼吸を整えた。昼休憩が終わってしまう。私はそろりとその場を離れ、三課のオフィスへと小走りで向かった。

舟木美蘭はカタブツ。生真面目で融通が利かなくて、可愛げがない。面白味がない。

これは社内で有名な話。私自身がその陰口を、何度か耳にしてしまうほどに。今更だけど、こんな噂、とっくに冬馬さんの耳にも入っているかもしれない。


昼休憩を終え、人が戻ってきたオフィスは午前中よりも少し賑やかだ。そんななかで私は、まっすぐノートパソコンに向かって見積もりを作っている。

先日の残業でつくった素材リスト。実際のパーツを見た得意先は一目でそれを気に入り、多少予算を超えても構わないからと注文数を増やしてくれた。みんなが「ダサい」と言ったあの代替素材で作っていたら、きっとこうはならなかった。

異動早々いい仕事をするな……と冬馬さんに対して感心していたら、考えてしまったのだ。早々に社内の人脈を広げている彼の耳には、きっと私のつまらない噂話も入ってしまっている。同じ会社にいたら、ほんとはビッチじゃないことなんてすぐバレてしまいそうだ。何か対策を考えないと……。

「舟木」

「え、あ……はい」

「ちょっと来て」

遠くから急に声をかけられて動揺した。課長席から私の名前を呼んだ冬馬さんは涼しい顔で、私が自分の席まで来るのを待っている。

「なんでしょうか、課長」

彼の目の前に立つと、自分に変なところがないか急に気になってくる。髪は跳ねていないか？　スカートは皺になっていないか？　今までさほど気にしていなかったことが、どうして気にせずにやってこられたのかわからないほど。なんだか全身そわそわしている。

この感覚は何……？

一人戸惑う私に、冬馬さんは真面目な顔で言った。

「あの見積もりはできた？」

「すみません、今つくっているところです」

「そうか。それなら、一緒にお願いしたいんだけど……」

そう言いながら彼は、自分のデスクのトレイから一枚書類を取り出し、そこに付箋を貼ってペンでサラサラと何か書き込んでいる。私はそれを眺めて待っていた。ほんとに、男の人にしては繊細で綺麗な字を書くよなぁ……と思いながら。

ぼーっとしていたのがバレたのか、彼は視線を付箋に落としたままで小さく囁く。

「……美蘭さん。顔カタすぎじゃない？」

「っ、え」

突然の〝美蘭さん〟呼びに、さっきとは比べ物にならないほど動揺してカッと体温が上がる。……なぜここで⁉　会社ですよ⁉　まさか間違えたのか。

誰かに聞かれはしなかったかときょろきょろ周りを確認する。幸い誰もこちらを向いておらず、それぞれの仕事に集中していた。オフィスは適度に騒がしい。

彼は言葉を続けた。

「美蘭さん、逆に怪しいから落ち着いて。大丈夫、聞こえてないよ」

「……やめてくださいよ、心臓に悪い……」

へなっとデスクに手を突いた私に、冬馬さんはにこっと笑った。指先で書類の一点を指して、さも業務説明をするような素振りで雑談を続ける。

「だって、二人のときと全然違うから。会社ではそういうキャラで通してるの？」

ギクッとしてしまったのを隠すよう、とっさに咳払いをした。冬馬さんは不思議に思ったのか、書類から視線を上げて私の顔を見る。

私はその顔を正面から捉えないように、自分も書類の一点を指さした。さも業務報告をする素振りで。

「……遊んでいる女ほど、表面上おとなしくしているものですよ」

「……へぇ」

どう言えば、私がビッチだという真実味が増すだろう。

逡巡して、深く考えるよりも先に声に出していた。

「……一番離れた島に座っている、飯塚《いいづか》さん」

「飯塚？」

「それから、今私の斜め後ろで電話している新海《しんかい》さん。両方とも、一度だけ寝たことがあります」

冬馬さんは黙った。私はわざとはずしていた視線をちらっと彼の顔に戻す。さぁどうです。社内で関係持ちまくりのとんでもないビッチ。これは衝撃的でしょう！

言ってやったとドキドキしている私。

対して彼は、きょとんとした顔で私の目を見て、一言だけ。

「あ、へぇ。そうなんだ」

……リアクション薄いな！

思っていた反応とは違って、私はなんだかやりきれない気持ちになる。だいぶ頑張ってビッチぶってみたのに……。私は飯塚さんと新海さんに、心の中で謝った。

（勝手な嘘言ってごめんなさい……）

冬馬さんに言ったことはもちろん嘘です。飯塚さんは社内でも有名な愛妻家。新海さんは女性への興味が薄そうな硬派なおじ様社員だ。私と寝たなんて、たとえ嘘でも不名誉で、あとから申し訳なくなってくる。

それにしたって冬馬さんは、もうちょっと何か反応してくれてもよかったのでは。別に、妬いてほしかったわけじゃあないけど……。

「美薗さんは俺の歓迎会来てくれるの？」

「……一応、そのつもりです」

「そっか」

そこは嬉しそうな顔してくれるんですね。

私はもう、冬馬さんのことがよくわからない。最初からあんまりわかってないけど。

「――ってかんじで、よろしく頼んだ」

そう言って急に会話を切り上げた冬馬さんは、最後に上司の顔に戻って、付箋のついた書類を手渡してきた。何を頼まれたのかさっぱりわかりませんが……。どうするんですかこれ、と訝しい気持ちで受け取った書類を見ると、付箋にはやるべきことがきっちり書き込まれていた。バカな会話をしているようでちゃんと仕事をしていたらしい。

私はなんとなく面白くない。

「早めに仕上げて、夜の会にはオンタイムで参加するように。いいな？」

上司の顔で念押ししてくる。

「わかりました」

なんなの。本当に面白くない。

これじゃあまるで、私だけドキドキしてるみたいじゃないですか。体を触れ合わせることもなく、冬馬さんの会社での顔に振り回されて。

――このとき私はまだ、このあとの歓迎会でまさかあんな目に遭おうとは、想像すらしていなかったのです。


付箋に書かれていた冬馬さんの指示は的確で、私は彼の言いつけ通りオンタイムで歓迎会に参加できることになった。

夜の七時半。会社から出る人は列をなしてぞろぞろと夜のオフィス街を歩く。私はその末尾をついていった。得意先に往訪があった社員は飲み屋で現地集合とのこと。

冬馬さんの人望なのか、課員は誰一人欠けることなく飲み会の席に揃った。二十数名が集結した小料理屋は、二階を貸し切りにしたにもかかわらず乾杯前から賑やかだ。靴を脱いで座敷にあがり、ジャケットを脱ぐと、みんな気がゆるんだのだろう。オフィスにいるときよりもずっと気安くて温かい空気が流れている。

「先輩、ビールでいいですか？」

「……ええ」

適当に席について〝今日は私も楽しめるかも〟と思っていたら、出ばなを挫《くじ》かれた。隣に座ったのは、昼間に休憩スペースで散々私の陰口を叩いていた後輩・谷川陽一《よういち》だった。私のポジションは壁と谷川の間。目の前の席は、参加人数が奇数の都合上誰もいない。実質話し相手が谷川しかいないという状況。

最悪だ。顔が死ぬ。

「あんなカタブツ相手に勃ちません」なんて言われてニコニコできるほど、私は人間ができていなかった。それでなくともこういう場には慣れていないのだ。

私はいつも以上にツンと澄まして、姿勢よく座布団の上に正座していた。

ちらっと冬馬さんのほうを見ると、彼はくだけた場の雰囲気にするっと馴染んで、胡坐《あぐら》をかいて人懐っこく笑っている。

（あ、会社でもそういう顔するんですね）

私にだけかと思ってた。

夜にタクシーの中で「人に厳しくするのは苦手なんだ」と漏らした彼は、そうは言っても仕事に厳しい課長を貫くんだと思っていた。そういうわけではないみたい。オンとオフを切り替える方向らしい。……なんだ。そっかぁ。

不思議と残念な気持ちになって、しゃんと伸ばしていた姿勢を崩してテーブルに頬杖をついた。

「舟木先輩」

なんとなく機嫌が悪いところに声をかけられて、つい谷川を睨んでしまう。彼は「なんスか」と若干たじろぎながら、私のグラスに手を伸ばした。

「ビールきました。注ぎます」

「ううん。貸して」

「え」

谷川の手を制しつつ、彼の手からビール瓶を奪う。谷川は呆けた顔をしていた。

「注いであげる。グラス傾けて」

「ああ……すみません」

得意先がいる席ならまだしも、社内の宴会でまで後輩が気を遣いすぎる必要はないと思う。……ああでも、こういうところが可愛げないのかな。「ありがとー」とニコニコ笑って、機嫌よく先に注いでもらえばよかったのかな。

グラスの縁ぎりぎりまで盛り上がった泡を見届けたあと、谷川が「今度は俺が」と言って私のグラスに注いでくれる。

そうかもしれない。先に注いでもらえばよかったのかも。私は「ありがとう」とぶっきらぼうに返すことしかできなかった。

私が陰口を立ち聞きしたことなんて知るはずもない谷川は、それでも居心地悪そうにしている。今風にセットされた長めの髪がそわそわと揺れるのを横目に見ながら〝いい気味〟と思う。同時に、私の隣になってしまってごめんね、とも。

全員の手元に飲み物が行きわたると、本日の幹事は高らかに開会を宣言した。

「えぇ～、本日はぁ～、お忙しいところ皆様ぁ～、オンタイムでご参集いただきぃ～」

「社長のマネはいいから！」

打ち合わせされたようなわざとらしいツッコミが入って、一同はドッと沸く。うちの社長は語尾が伸びるクセがある。全社集会でたまに話を聞くと私も気になるくらいだ。でも今のはちょっと過剰じゃない？　悪意がある気がする。

ムッとしてしまってから、思う。物マネなんて過剰にしてなんぼなんだろう。こんな場での悪ふざけくらい、笑って流されてしかるべきだ。私みたいにいちいち目くじらを立てるほうがおかしい。……わかってるのになぁ。

簡単に変えられない性格が恨めしい。

「では早速っ！　本日の主役、土屋課長に乾杯の音頭をお願いしたいと思いますっ！　土屋課長どうぞぉ～」

先に一杯キメてきたのかと思うほどテンションの高い幹事にバトンを渡され、冬馬さんがその場に立ち上がる。ビールの入ったグラスを持って。

彼は眼鏡を掛けたまま感じよく、朗らかに笑った。

「土屋です」

知ってまぁーす♡　と男性社員が黄色い声を飛ばす。それにまた全体がドッと沸く。

黄色い声は男のものだったけれど、辺りを見回せば女性社員一同もみんな、目をキラキラさせて冬馬さんを見ている。

これは絶対に……この中で狙ってる人、いるでしょう。確信してまた気が滅入った。

冬馬さんは周りに合わせて笑ったまま。

「日本に戻ってきたのも最近で、正直いろんなことがさっぱりです。〝大丈夫かコイツ〟って思ったら遠慮なく鬼木さんに突き出してください！　突き出されないように頑張ります！」

頑張ってぇー♡　と今度は女性社員の甘えた声。

ああほら、言わんこっちゃない！　だろうと思った！

真面目に見えた上司が宴会の席でおちゃらけた一面を見せたら、ちょっとときめいてしまったりするんだろう。経験がないとは言わない。私の場合は逆だけど。

すごくかわいい顔をして甘えてくる人だと思ったら、真剣に仕事をしている顔は格好よかったりする。そんなギャップに釘付けになってしまうのには、覚えがある。

「乾杯！」

冬馬さんの挨拶は短かった。乾杯までの時間が長くて嫌がられる上司が多いなか、ベストな短さ（ちなみに前課長の鬼木さんの挨拶はすごく長い）。

ああ、また人気が上がってしまうわ……。〝いいことじゃないか〟と思うのに、どうしてかすごくモヤモヤする。あんまり笑わないで、と。セフレがこんなことを言ったら、絶対に重いやつだ。

口にできない言葉は全部ビールで飲みこんだ。私は壁際の席で静かに一人お酒を飲み、中央で笑う冬馬さんのほうをなるべく見ないようにして。

あまりに早く私のグラスが空になるから、谷川にはずっと気を遣わせてしまうことになった。


――二時間が経過して、ラストオーダーももう終わった。そろそろ散会して二次会に流れる頃かという時間帯。

私は絡まれていた。

谷川に。

「俺、舟木先輩アリですからね‼」

「あぁ……へぇ……」

てっきり私のほうがハイペースにグラスを空けているものだと思っていたら、この男。ビールは私と同じペースで飲んでいたようだが、それとは別に日本酒を飲んでいたらしい。いつの間にこんなにベロベロに……！

しかも酔った彼は酒癖が悪く、さっきからずっとこんな状態で私に絡み続けている。

「信じてないでしょう⁉　ほんとなんですよ。ほんとは俺、ずっと舟木先輩いいなって」

「それはどうも」

　やたらと近づけてくる彼の肩をぐいぐい両手で押し戻しながら、私の心は白けていく。「勃ちません」って言った口がよく言うわ……と。どうやら私はだいぶ根に持っているらしい。

　他の社員は、面白いものでも見るかのように私たちを見守っている。「あいつ、舟木に迫ってやがる……」と笑いを噛み殺しているのは、昼間、谷川と一緒になって私の陰口を言っていた同期の男だ。本当に不愉快だった。

「谷川くん。ちょっともういい加減にして。ほら、お茶飲んで」

「舟木先輩ほんとは、めっちゃ優しいじゃないですかぁ？」

「……は？」

　ほんとにどの口が言うんだと、呆れて手が止まってしまう。

　相当酔っているらしい谷川は構わず続けた。

「今も、なんだかんだ介抱してくれてるし、仕事のときだって……。厳しいこと言うしニコリともしないけど、裏でずっとフォローしてくれてますよね……」

「……な、なに……」

　知ってたの？　とつい動揺した声が出そうになった。でも。だったらなんで。どうしてそれを知っていて、あんなひどいことが言えるの？

　彼はすぐに答えた。赤らんだ顔で真剣に、目と鼻の先まで顔を近づけながら。やけに熱っぽい目で。

「俺ね……先輩のそういうところ、他の奴に知られたくないんです。嫌なんです。他の男が先輩の魅力に気づくのが……まじで嫌だ」

「……はぁ」

「だから気づかれないように悪口ばっかり言って……言ってから、超自己嫌悪ですよ。〝うわぁ俺まじちっせぇ……〟ってなります。……あれ？　俺なんで本人にこんな話してるんだろう？　バカなの？」

……知らんがな！

一瞬聞き入ってしまったものの、すぐ冷静になって怒りが湧いてきた。今更遅いわ！

全力で自分から引き剝がそうと谷川の肩を押す。

だけど酔っている彼は、迫ってくる力を弱めない。

「ねぇ信じてください。俺、ほんとに美薗先輩アリなんです」

「し……知りません！」

さらっと名前呼びに変えるな！

そこが何より気恥ずかしくて、気恥ずかしいあまり声に出せなかった。こうまでなってもまだ誰も助けてくれない。面白そうに「おい、やりすぎだろ谷川～」と茶々を入れるだけ。もっと真剣に止めて。そんな言い方じゃ「いいぞ、もっとやれ」にしか聞こえない。

「美薗先輩……」

「もっ……もうっ！」

もうやめて！　と格好悪く泣き喚きそうになって、ついに助けを求めて冬馬さんのほうを見た。意地を張ってずっとそっちは向かないようにしていたのに、まさかこんな事で顔を向けることになろうとは……。

不本意さ丸出しでそちらを向くと、冬馬さんと目が合う。

「……っ！」

助けてくれると思った。直接谷川を引っぺがしてはくれずとも、「冗談が過ぎるぞ谷川」とたしなめてくれるかと。そんな想像をしていたのに――彼は笑っていた。にっこりと。

（……な、ななな、なんなんですかその余裕たっぷりの笑みは……！）

酔った谷川に体を触らせまいと必死で抵抗しながら、私は雷に打たれたみたいな衝撃を受けていた。なぜここで笑う……！

さっきまでの朗らかな笑顔が嘘のようだ。みんなが私たちに注目しているのをいいことに、彼はさっきとはまったく違う、ドSっぽい笑みを浮かべている。その顔が言わんとすることは、なんとなく伝わってきた。

〝ビッチで手練《てだ》れのきみなら、それくらい上手くあしらえるでしょ？〟

……いや！　助けてくださいよ！

彼の中ではビッチであるはずの自分に寄せられる絶大な期待に、挫けそうになった。

結局そのあとも酔った谷川にグイグイ迫られ、私が解放されたのはお開きの時間になってから。幹事が「そろそろ荷物持って出てくださーい」と声をかけ始めてからだった。

（助かった……）

ぐったりである。

仕事終わりの疲れた体が、更にボロッとくたびれている。疲労困憊《こんぱい》。

「二次会に行く人ーー！」

二次会なんて冗談じゃない。幹事が「行くでしょ⁉　行くよね⁉」と周りの人に確認を取ってまわるなか、「私はここで」と一言断る。「あ、うん。だよねー」とさして引き留めることもされず、私は一人の帰路につく。……はずが、またしても。

「美薗先輩」

「え」

「行きましょ」

またしても谷川が、私の名前を呼んで。私の手を引いて。

「ちょっ……ちょっと！　何！　待っ……」

私の声なんてまるで聞こえていないかのように、谷川はぐんぐんと歩みを進めていく。早い。足がもつれる。こけないように精一杯足を動かす。手はがっちりしっかりと握られていて、まったく振りほどけそうにない。

「どこに行くのっ……！」

答えてもらえないまま、ある建物の前でつんのめった。谷川が急に足を止めたからだ。

勢いを止めきれずに彼の背中に顔から激突してしまう。痛い。

　歩き出してから五分も経っていないはずだ。飲み屋街から一本だけ道をはずれた場所にあった。そこは。

「…………ラブホテル？」

「行きましょう」

「は？」

　谷川はまだ酔っている。足取りはやけにしっかりしていたけれど、顔は赤く、私を見る目は焦点が定まっていなかった。

「美薗先輩に、俺が本気だって証拠見せてあげます」

「それでどうしてホテルにっ……」

「勃つんです」

　彼は大真面目に言う。めちゃくちゃ酔っているけど。アルコール交じりの吐息と一緒に、想いを吐き出す。

「俺……美薗先輩の匂いがするだけで、ガチガチになるんですよ」

「……知らんがな！」

　今度は声に出してツッコんでいた。

　勃つんかい！　〝あんなカタブツ相手に勃ちません〟って言ったくせに！

　いやそんなことはどうでもいい。

どうでもいいから手を。

「手を離して……！」

「嫌です」

強い力で引っ張られ、半《なか》ば引きずり込まれる形で谷川とラブホテルに入ろうとしていた。——逃げられない。こういう状況になってしまってから頭に浮かぶ。冬馬さん、どうして助けてくれなかったんだろう……。

それは私がビッチだから。

一瞬で出てしまった答えに〝ああそうだ〟と思い直す。私はビッチ。今は半端モノだけど、いつかは完璧な、誰にも〝つまらない〟なんて言わせない女になるんだ——そう覚悟して、抵抗をゆるめる。

「……美薗先輩？」

急におとなしくなった私の顔を不思議そうに覗き込んできた谷川に、迷いながらにこっと笑いかけた。谷川は戸惑ったように、さっきよりも顔を赤くする。

抱かれてしまえばいい。

抱かれて、それでちょっとだけ、冬馬さんとのことが薄まればいい。

——そう思ったときに。

「舟木」

呼ぶ声がした。それは、私の全身がさざめいてしまう声だった。

「……あ。土屋課長……」

谷川の、見つかって気まずそうな声。私は冬馬さんのほうを見てただ固まってしまった。……二次会は？　今日の主役なのに、行かなかったんですか？　そんなことが気になっていた。

いつの間にか冬馬さんに抱き寄せられていて。

「谷川。社内恋愛に口出しする気はないが……嫌がってるのに無理やり連れ込むのはちょっと、見過ごせない」

「あ、え……でも、もう嫌がっては……だってさっき、笑っ……」

「本当に？」

冬馬さんは訝しげな声を出す。抱き寄せられて私がつい、きゅぅっと握ってしまったワイシャツの脇腹部分を見せる。嫌がっている証拠だと言わんばかりに。

それから怒っているとも、呆れているともつかない静かな声で宣言した。

「舟木は俺が送って帰るから、また酔いを覚ましてから話しなさい」

「…………はい」

谷川はそれ以上食い下がることはせず、とぼとぼと夜の街の中に消えていった。私はしばらく冬馬さんに抱かれて固まったまま、動けなかった。

「……美薗さん？」

いつもの声で名前を呼ばれた瞬間、じわっと目の奥が熱くなる。顔を見られないように首元に深く顔をうずめる。

ちっとも薄まらないと思った。

冬馬さんがいつまでも、私の中で濃くって、なんだか苦しい。

「美薗さん」

「……」

「行こっか」

それだけ頭上で言って彼は私の頭を抱いたまま、目の前のホテルに入っていく。


さっきまで谷川に連れ込まれそうになっていたホテルの内装は小奇麗で、絞られて薄暗い照明の下、大きな観葉植物が点々と置かれていた。

入って正面の壁に備え付けられたパネル。空き部屋を選んでボタンを押すと、取り出し口から鍵が出てくるタイプの、無人のホテルだった。冬馬さんは「どれがいい？」なんて笑って訊いてきたけれど、私は答えられず。彼は慣れた手つきで広めの部屋を選ぶ。

すぐそばにあったエレベーターに乗って、廊下を抜けて。これ、他のお客さんとすれ違うの嫌すぎるな……と思っていたものの、誰ともすれ違わなかった。

部屋に足を踏み入れた瞬間、私の肩を抱いている冬馬さんにぽつりと問いかける。

「……二次会は？」

「ああ……無いよなぁ。歓迎会を開いてもらっておいて行かないとか」

「大丈夫だったんですか……？」

「俺、明日の朝一の新幹線で出張だから。〝また近々課会を開こう〟ってことで」

「でも、それなら」

こんなとこにいちゃダメじゃないですか、と言おうとしたけれど、熱い唇に塞がれてその声は奪われた。

唇はすぐに離れていった。〝は……〟と息を吐く二人の口の間に銀糸が伝う。

れろ、と舌が蠢《うごめ》いたのがわかって、たまらず彼のワイシャツを掴む。

「……きみが谷川と消えなかったら、俺は二次会に行ったよ」

「っ」

「あれくらい、ほんとは上手くかわせたでしょう？　美薗さん、慣れてるはずだよね。酔った男をあしらうことくらい」

「あ、の」

「妬かせたかった？」

「……」

「……悪い女だね」

冬馬さんは淡々としゃべりながら私のバッグを奪い、自分のものと一緒にソファへ投げた。なんだか荒々しい。

自分のジャケットを脱ぎながら、また私にキスをする。

「ん、んンッ……んは、あ……んーっ……」

キツく舌を吸い上げられて、息継ぎする間も与えられずにまた唇を食まれる。伸びてきた舌は歯列をなぞって、かと思えば、今度は口蓋を舐めていた。

「ふ、うぅ……ん、ふっ……」

貪るようなキスにガクガクと脚が震える。いつの間にかシャツの前ボタンをはずされていて。冬馬さんは眼鏡をはずし、それもポイッとベッドに投げた。

脱がされたシャツがぱさりと床に落ちる。スカートもジッパーを下ろされてすとんと下に落ちる。

彼はキスをしながら私を壁に押し付けて、体に触れはじめた。

なんだか性急な手つきに、どんどん恥ずかしくなってくる。

「……もっと舌絡めてきて」

「は……んんぅ」

言われるがままに舌を伸ばす。冬馬さんは応えるようにべろっと私の舌を舐めて、剥き出しの肩を撫でまわしてくる。――ゾワッ、と感じて、身を竦める。

同時にブラのホックをはずされた。締め付けから解放された胸がこぼれる。

「あ……」

こんな格好、恥ずかしい。

ストッキングとショーツだけの姿にされてしまい、とっさに胸を隠そうとすると、その手は阻まれた。

「隠さないで」

どうして逆らえないんだろう。

行き場をなくした手は、彼の手に導かれて冬馬さんの首に回させられる。その間にもキスは続く。自由になった彼の手は私の胸へと伸びて、ツンと尖った乳首を擦った。

「ん！　ふっ……ふあぁっ……！」

「はっ……胸、好きだね。こんなに硬く尖らせて……」

「んっ、痛っ……」

敏感になりすぎて触れられるだけで痛い。けど、もっと触っていてほしい……。

あさましい願望が頭をチラついて、だけどどうしても言えずにいると、彼の指はすっと離れていった。もどかしさに襲われて情けない声が出そうになる。

「冬馬、さ」

「こっち」

ワイシャツの前がすべてはだけた状態になっていた彼に腕を掴まれ、すぐそばにあったドアの中へと押し込まれる。

そこは浴室だった。浴槽側の壁はガラス張りで、部屋の様子が丸見えの仕様。見られながらシャワーを浴びるなんて絶対無理！　……と思ったけれど、私は今、冬馬さんと一緒に浴室の中にいる。

「……え。あの、これ……あっ」

キスは止まらない。唇、こめかみ、首筋、鎖骨へと、水っぽい音をたてて口付けを落としながら、冬馬さんは私のストッキングに手をかけた。その合間に、熱に浮かされたような低い声で「俺のも脱がして」と囁くから、おずおずと私も彼のシャツに手をかける。

お互いに絡まって、脱がせあって。体を覆っていたものを浴室の外に放り投げていく。

一度だけ目にした冬馬さんの裸体が露わになって、私はその美しさに密かに息を呑んだ。程よくついた手足の筋肉。きゅっと締まった腹筋。硬そうでいてしなやかだ。

「浴槽に入って」

お互い一糸纏わぬ姿になると、彼は私に命令した。散々キスを繰り返したせいで頭の奥が痺れている。お湯も溜めていないのに……？　と不思議に思いつつ、言われるがままに私はそろりと足を上げ、空っぽの浴槽の中に跨ぎ入る。

同時に冬馬さんはバルブを捻った。蛇口からドバドバとお湯が溢れだし、栓をした浴槽の中に少しずつ溜まっていく。

「ん……」

溜まってから入ればよかったのでは……？

そんなに早くお風呂に入りたかったんだろうか。

後ろを振り返ると冬馬さんも浴槽の中に入ってきていた。そんな真後ろに立たれたら座れない。移動しようと、私がガラスの壁に手を突いたとき。

「……ふぁっ⁉」

〝ぬるっ〟と熱い感触が私の股の下をくぐった。

「あ、あ……ああっ」

驚きのあまり、ガラスに両肘までべったりと付けて顔を伏せた。下を見ると自分の太腿の間から、勃ち上がった冬馬さんが出てきたり、姿を隠したりしている。

卑猥で、ものすごく恥ずかしい図だった。

「やっ……冬馬さん！」

「飲み会のときさ」

ハァッ、と熱い息を耳の裏に吹きかけながら、冬馬さんは私の裸の腰を抱いて前後に動く。そのたびに、太腿の間で硬く張り詰めたモノが擦れる。

「んッ……」

「谷川に絡まれながら美薗さん、俺のほう見たでしょ？」

「あ、やぁっ……それ、はっ……」

助けてほしかったからで。

決して、妬かせたかったとかでは……本当にそう？

「他の男とイチャイチャするの、見せつけたかったのかな」

そうじゃない。そうじゃないと思うけど。

妬いてほしい気持ちがまったくなかったかといえば、それは……。

「……そんなこと、思って、な……あぁぁッ‼」

突然の刺激にビクンと背筋が弓なりに反る。冬馬さんはシャワーヘッドを私の脚の間に宛がって、一気にお湯を噴射した。敏感な部分が強すぎる水圧に晒される。

「いやッ、これっ、やぁッ……！　止めっ……あっ、くぅっ……！」

「……軽くイってる？　ビクビクしてる……ナカも、トロトロになってきた」

「あっ、待っ……だめっ！　いまっ……指入れられたらっ……」

「どうなるの？」

「ひッ」

「……締まってるね。締まってるのに、キスとシャワーでどろどろ……そんなに気持ちいいんだ、これ」

シャワーヘッドを固定したまま、冬馬さんは腕の中に捕らえた私に上からキスをする。私はいやいやと首を横に振って、〝やめて〟と懇願する。

すると水圧の刺激はすっと遠ざけられて、冬馬さんの指も私のナカから出ていった。中心がじんじんと疼いたままだけど体が少し落ち着く。肩で息をする。

なに、今の。死ぬかと思った……。

「挿れるよ」

「えっ……あ、うそっ……待っ……あぁんッ！」

大きな声が浴室の中に響いた。反響する自分の甘ったるい声に死んでしまいたい気持ちになりながら、必死で体を支える。ガラスに突いた手がぷるぷると震える。

体はとっくに準備ができていて、冬馬さんの膨れ上がった欲望は簡単に私のナカに入ってきた。おそらく根元まで。そうわかるほど、お腹の奥のほうにまで届いていた。

「んッ、ふっ……」

「あーっ……気持ちいっ……」

噛みしめるような声が聞こえてきてカァッと頬が熱くなる。

気持ちいいんだ……。そう思うと、なぜか胸の中が満たされていくようだった。

「美薗さん……」

「っ……あっ、あ……んっ」

「は……俺たちまだ、二回目ですよ。セックスするの」

「んんっ……」

まともに返事ができなくてこくこくと頷く。二回目。最初に抱き合ったあと会社で再会してしまったせいで、次の約束も果たせないままだった。

私たちは今、やっと……。

「まだ二回目なのに……こんなに馴染んで俺のに吸い付いてくる。美薗さん、ほんとにかわいい」

少し緩慢なくらいの腰の動きで、子宮に届くほど奥にグリグリと突き付けてくる。

ひッ、と喉の奥で喜ぶ悲鳴が漏れて、びりびりと走る快感に腰が抜けそうになって。

（もう少しこうされていたい……）

そう思っていたら、冬馬さんの囁く声は冷たくなった。

「……でも他の男にもこうなんですよね」

「……は、え？　……ああ」

そうか。そういう設定だった。

私はビッチ。

気持ちよすぎて頭の中から抜けそうになっていた設定を思い出し、喘ぐ声を我慢しながら言う。

「んっ、ん……そうですね。……冬馬さんだけじゃ、ないです」

「……ですよね」

「っ！」

〝パァン！〟と音が響いた。冬馬さんのお腹と私のお尻が勢いよくぶつかる音。彼は根元まで引き抜いた自身を一気に私に突き挿れた。

「あ、あぁ……！」

パン！　パン！　パン！

乾いた音が間隔短く浴室に響いて、それで、激しく突かれているのだと理解する。

後ろで冬馬さんは腰を振り乱して私のことを犯していた。強く擦られるナカがきゅうきゅうと収縮を繰り返す。

「はッ、あぁっ……あんっ、あん！　あっ……」

「っ……腰落とさないでください。もっとお尻突き出して」

「も……無理ですっ！　激しくっ……しなっ……はぁんっ！」

願いはまったく聞き入れられなかった。それどころか冬馬さんは腰を掴んでいた手を上に滑らせて、私のお腹を、胸を、肩を撫でまわしながらきつく抱きしめて、より深いところを抉るように突いてくる。

「ひんッ……！」

「……飯塚とも、新海ともこんな風にした？」

「はッ、あ、んんっ……え……？」

「寝たことがあるんでしょう。今日の昼間、自分で言ったんですよ」

……それ、全部嘘です。

私がビッチのフリをしてついた嘘を、彼はどうやら信じたらしかった。

「あいつらにも見せたの？　美薗さんのこんな、いやらしい顔……」

「ん、ふ……！」

まるで嫉妬しているみたいな口ぶりで、冬馬さんは腰を振りながら私の顔を自分のほうへ向けさせた。噛みつくようなキスを喰らう。

口の中全部を貪られるみたい。

──私の嘘が、冬馬さんに火を点けた。

「……そうですね……」

その火に油を注ぐようにして。

「んっ……そうです。こういうことする相手は……冬馬さん、だけじゃ、ないです。……ふあぁんっ‼」

「っ……！」

腰の動きがいっそう激しくなって、一瞬息ができなくなった。冬馬さんの腕が私の体に強く食い込む。痛いくらいに。

怒っているような、興奮しているような声が耳元で囁く。

「こんな甘い声も他の奴に聞かせてるの？」

「っ」

こくこくと頷く。

「こんなトロトロにしてるココも……」

「はッ、あぁ！　ぁっ……グリグリしちゃだめぇっ……！」

「他の男のやつ咥えこんで、悦ばせてるんだ？」

それにもただただ頷いた。

気持ちよくて泣きそうになりながら。

「……ほんとに悪い女だなっ……」

「あんッ……！」

彼は妬くたびに興奮するようで、私が頷けば頷くほど長大なモノがナカで膨れた。動きも激しくなった。

そのことにやけに高揚してしまって、乱れて、私は自分が自分じゃないみたいになる。

「冬馬さんっ……！」

「自分から腰振って、ほんと淫乱っ……いいですよ、このまま大好きなバックでイって」

「っぁ」

「ほら……クリも触ってあげるから、このままっ……」

「やっ……いやあぁぁぁっ‼」

激しく突かれながら胸の先と陰核を強く擦られて、私は一瞬で達した。〝びくん！〟と自分の体が大きく跳ねたのがわかり、もう立っていられなくて。……それからのことは、よくわからない。

バック、本当に好きなのかなって、ちょっと絶望的な気持ちになった。

第４章　あの夜に起こったことのすべて

「……んっ」

カクッ、と自分の頬杖からずり落ちて目を覚ました。どうやらうたた寝をしていたらしい。目の前では美薗さんが、自分と同じようにガウン姿で横たわって、猫のように丸まりながら〝すぴーすぴー〟と寝息をたててぐっすりと眠っている。

よっぽど疲れたんだろう。無理もないか……と、眠る彼女の頭を撫でながら思う。浴室で後ろからあれだけ攻めたにもかかわらず、ベッドに入って寝ようとしていた彼女をそこから三回抱いた。

美薗さんはずっと「もう無理」と喘いでいたけれど、止められなかったのだ。俺はすっかり興奮していた。美薗さんが、自分ではない他の男に抱かれているところを想像して。

〝他の男のとどっちが気持ちいい？〟なんて訊いて、答えるまで彼女が達することを許さなかった。快感でガクガクと震えながら〝冬馬さんの〟と答える美薗さんに、意味がわからないくらい興奮して、それで……。

「……」

存分に嫉妬プレイを楽しんでしまった自分を客観視してしまい、軽く自己嫌悪に陥る。

「……んむぅ……」

頭を撫でると、それに反応してか美薗さんは軽く身じろぎした。あどけなく口を半開きにして。

今日一日、気を張って力の入っていた眉根から皺が消えて、子どもみたいな顔になっている。いつもと全然違うその表情に思わず笑ってしまった。なにこれ、かわいい。

起こさない程度に頭を撫で続ける。すると彼女は眠ったまま俺の手を捕まえて、〝すり……〟と自分の頬をすり寄せてきた。甘えるような仕草にぐっと愛おしさが込み上げてきて、もう一度このまま襲いたい衝動に駆られる。

……いやいや。それはさすがに恨まれるだろう。

代わりにチュッと瞼にキスを落とす。

それを少し疎ましそうにして「んんっ」と唸ると、彼女はまた〝すぴーっ〟と空気の抜けるような寝息をたてる。

「……かわいい人だなぁ」

思ったことがついそのまま口からこぼれていた。美薗さんは、かわいい人。

――〝他の男とも寝てる〟なんて、見え見えの嘘なんかついて。ほんとにかわいい。

彼女の言葉を真に受けたように嫉妬プレイに興じてしまったけれど、そんなわけがなかった。自称ビッチの彼女が本物のビッチになんか到底なれっこないことを、俺は知っている。美蘭さんはなぜかうまく騙せているみたいだけど……。

眠っていて、聞こえていないことを承知の上で小さな耳に囁く。

「本当にかわいい人ですよ、きみは」


あの夜に起こったことのすべてを、きっと彼女は覚えていない。

*

美蘭さんと出会った日、俺は初めて行くバーで昔からの友人と飲んでいた。

裁量を持たせてもらって海外を転々としていたところ、突然、東京本社で管理職に就くことを命じられた。あまりに突然だったので役員に「どうしてですか」と訊くと、大きな理由があったわけではないのか、電話の向こうの役員は「まあまあ」と笑って。「家もこれから探すだろうし、二週間くらいゆっくりして出社したらいいからさ」なんて言って懐柔してきた。

辞令に逆らうわけにもいかないので、悔しいからたっぷり二週間の休暇を取った。物件は早々に見つけて契約を決め、残った時間はしばらく会っていなかった友人や家族と過ごすことに費やした。

「いやー、まさか日本に帰ってくるとはなー」

その日一緒に飲んでいたのは大学のサークル仲間で、名を坂田《さかた》という。坂田は手の中のバーボンが入ったグラスをカラカラと回していた。

大学を卒業して大手商社に就職したこの男。何年ぶりかに再会すると、昔のチャラついた雰囲気が消えていた。俺は密かに〝大人になったんだなぁ〟なんて感慨深くなったのだが……。

酒が入ると一瞬で崩壊した。

「土屋。お前むこうにいる間、女はどうしてたんだ。特定の彼女つくった？　それともヤり捨て？」

「……あのなぁ」

言ってることが学生時代と何も変わっていない……。

ハイペースでグラスを空けて、飲み始めてすぐだというのにもう出来上がっていた。

他の客に聞こえることなど気にもしていないようだ。比較的早い時間だったからか店内はすいていて、俺たち以外の客は一組しかいなかった。だから気持ちが大きくなっているのかもしれない。

軽くたしなめても坂田は言葉を止めずに。

「やっぱヤり捨てかなー。お前、女には薄情そうだもんなー」

「もうちょっと声のボリューム落とせないのか……」

あと誰が〝薄情そう〟だ。

それなりに付き合いの長い友人に言われるとなかなか傷つく言葉だった。

アルコールがまわり、さっきまでキチッと整えられていた坂田の髪はくしゃっと乱れている。

（だらしなく見えるけど、こういう男がモテたりするんだよなぁ）

ネクタイをゆるめている姿を横目に、そんなことをぼんやり考えていた。チャラいけど楽しませ上手で、女子が喜ぶことをさらっとやってのけるんだろう。そしてこういう奴ほど、遊んでいたのが嘘みたいにパッと結婚したりするのだ。いや、別にこうなりたいわけじゃないけど。

久々に会った両親が、声高に「結婚！」と言うようになっていたものだから。

〝帰省するたびに言われるのはちょっとしんどいな〟と思っていた。歳も歳だから仕方ないか……。諦めながらため息をつき、ハイボールを一口。

「なぁ」

人が飲んでいるところ、目の焦点が定まっていない坂田が脇を小突いてくる。なんだよ。

「あのカウンター席で飲んでる女の子。左のほう。左の伏せてるほう」

小声でそう告げてくるので、なんだろうと不思議に思ってカウンターに目を向けた。

坂田の言う通りそこには女が二人並んでいて、左に座っている一人は酔っているのかガクッと顔を伏せていた。長い黒髪に隠れてその表情は見えないが、微かに「もぉヤダ……」と声が漏れ聞こえてくる。

彼女がなんだと言うのだろう。

説明を求めて坂田のほうを向くと、真剣な顔でこう言われた。

「ヤれそう」

「最低か」

間髪入れずにツッコむと「なんだよ真面目かよー」と不貞腐れた野次が飛ぶ。

坂田の主張は続いた。

「あんなグダグダに落ち込んでるところなんてどう見たってチャンス。理解してる風を装って、優しい言葉かけたら落ちるんだよ。ちょろい」

「お前そんなことばっかしてんの……？」

「そう悪いことじゃねぇだろ。利害一致してるもん。女の子は優しくされたいし、俺はヤりたいし」

「それは一致してるか本当に」

「してるだろ！　自分だけ満たされるのも悪いなって思うから、ベタベタに甘やかすしさ。これでもかってくらい尽くして可愛がるから、相手した女の子はいっつも満足そうにしてるんだぜ？」

「へぇ……」

「まあ、執着されて刺されかけたことはあるけどさ……」

かける言葉もない。何をしているんだこいつは……。

「どうよあの子。帰国後一発目に」

そして刺されかけても、凝りもせずプレイボーイな自分を維持していくつもりらしい。

〝いや、そろそろ落ち着けよ。まあまあいい大人だよ俺たち〟と、坂田にはまったく響きそうにない言葉を投げかけるか、迷っていたら――。

「もうやめるッ‼」

ぎゃん！　と大きな声が店内に響いた。つられて振り返ると、それはカウンターで伏せていた女の声だった。さっきは髪に隠れて見えなかった横顔は、思いのほか綺麗で。

ただ、長い髪を口に含んでしまいながら泣いていた。目を赤くして、顔をくしゃくしゃにして。揶揄ではなく、子どもみたいだと思った。何をやめると喚いているんだろう。

その隣に座っていた、彼女の友人と思われるショートカットの女が「すみません」と俺たちに会釈する。

「真面目に生きるのはもう、やめる‼」

「ちょっと、声落として……。ごめん飲ませすぎたわ。帰ろ？　立てる？　……困ったなぁ。私、このまま新幹線乗るから送ってあげられないんだけど……」

「もっ……ビッチに……ビッチになってやる……！」

「あーはいはい。酔いすぎだよー。そんな風になるなんて知らなかったなぁ」

ショートカットの女が苦笑しながら、泣いている彼女の肩をポンポンと叩いてあやしている。様子から察するに、気を許した付き合いの長い友人のようだ。

特になんの感想もなくその光景を眺めていると、正面に座っていた坂田がガタッと音をたてて立ち上がる。

「……おい？」

急に立ち上がって、なんだ？

坂田は俺を見下ろして小さな声で笑った。

「ナンパ」

「は……？」

やめとけよ、と俺が止めるよりも先に坂田はカウンター席へ歩みを進める。

「おねーさん」

泣いていた長い髪の女に話しかけている。

いや、その子、絶対にお前より年下だと思うけどね……。

その子はしゃくりあげながら坂田の顔を見る。

「おねーさん、今の話聞こえたんだけど。ビッチになるって本当？」

胡散臭い笑顔で問いかける坂田に、彼女はこくんと頷いた。……いやいや。

それを見かねてショートカットの女が口を開く。

「うるさくしてすみません。この子、だいぶ酔ってるんです。そっとしておいてもらえますか」

「だって。そっとしておいたほうがいい？」

友達のほうに言われた言葉を、泣いている子のほうに問い返す。ショートカットの友人は困った顔。対して泣いていた彼女は、じっと坂田の顔を見つめていた。

ああ、こういう子が坂田みたいなのにひっかかるのか。……バカだなぁ。

坂田は甘い顔をして目を細め、彼女の顔を見つめ返す。

「相当嫌なことがあったんだろうね……。そういうときは放っておかれたくないよね。一人にならないほうがいいよ。気晴らしに俺と遊ばない？」

ちょっと、とショートヘアの子がたしなめる声も聞き流し、坂田はその子を誘う。もうすぐ落とせそうだと思っているようで引く気配がない。「その辺にしとけ」と止めようと思った。

だけど俺が腰を上げたときに、泣いていた彼女は、意外にも坂田にこう言い放ったのだ。

「あなたじゃイヤ」

ばっさり切られた坂田はぽかんとしていて、俺はつい吹き出しそうになる。自分の手の甲で口を押さえてごまかした。……フられてやんの！

坂田が自信満々だっただけに、今の状況が面白すぎて。あぁでも、笑っちゃかわいそうか……。そう思っても、口元がゆるむのを止められない。

坂田はムッとして俺を振り返ると、また彼女に向き直った。

「どうして？　優しくするのに」

「チャラそうな人は苦手なんです」

酔って頬を赤くしながらも、その子ははっきりとそう言って。目の前の坂田には見向きもせず、辺りをきょろきょろと見回し始める。そして行き着いた先の——俺の顔を、じっと見て。

すっと、人さし指を伸ばしてくる。

「そっちの、優しそうなお兄さん」

……俺？

笑いをごまかそうとしていた手を口からはずし、今度は俺がぽかんと呆けた。

周りの誰もが意図を理解できず、目を丸くする。彼女は〝よいしょ〟とカウンターチェアを下りて、ふらふらとこちらに向かってくる。……なんだ？

気づけばもう目の前まで迫ってきていた。トン、と指先を胸に突き付けられて、なんだなんだと内心戸惑っていると、彼女がふらっと前のめりに倒れてくる。

「わ、おいっ……」

反射的に手を伸ばしていた。腕の中に捕まえたら彼女は小さく呻いて、俺のシャツを掴みながら胸のあたりまでよじ登り、顔を見上げてくる。赤く染まった頬と潤んだ瞳。酔っているくせに意志の強そうな目。

少し必死な表情で言う。

「あなたがいい」

——ご指名だった。

それから彼女は頑として俺のことを離さなかった。友達が「迷惑だからやめなさい！」ときつく叱っても、坂田が「なんでだよ俺にしとこうよ！」としつこく食い下がっても、「イヤ」「もう決めたの！」と意固地になって首を振る。

俺はすっかり身動きが取れなくなってしまって、腹に抱きついてくる彼女の頭を、なだめるように撫でていた。そうすると心地よさそうにすり寄ってくる。

「本当にすみません……その子、普段はそんなんじゃないんです。いつもしゃんとして、真面目ないい子なんですけど」

「ああ、いや……」

「嫌なことがあったって言うから気晴らしに飲ませたら、まさかこうなるとは……ってかんじで。本当にすみません」

ショートカットの彼女は謝罪を繰り返す。泥酔した友人を扱いきれず、困り果てている様子。

見かねた俺は、さして迷わず提案していた。

「あの……俺、この人家まで送りましょうか」

「えっ」

ショートカットの彼女は驚いた声を出して、遅れて訝しげな顔をする。

慌てて俺は弁解した。

「あっ、違います。やましい気持ちじゃなくて。さっき、〝これから新幹線に乗るから送ってあげられないんだ〟ってあなた、言ってたなと思って……」

「……うーん。そうなんです、実は……出張先で明日朝イチ仕事があって、どうしても今日前入りしないといけなくて……。でも、初対面のあなたに任せるのも……」

その目には申し訳なさが半分、疑う気持ちが半分。

そりゃあ見知らぬ男に友達を任せたくはないよなぁ……と、苦笑して。ダメもとでもうひと押し、言ってみた。

「こいつよりは安全そうだと思いません？　俺」

坂田を指さす。

ショートカットの彼女は俺と坂田の顔をパッ、パッと見比べて。

「……それもそうね。じゃあすみません、お願いします」

「オイ‼」

不満げな坂田の突っ込みを最後に、この場は解散となる。

そして俺は彼女——このときはまだ名前も知らなかった、美薗さんを家まで送り届けることになった。

「じゃあ、お任せします。……信じてますからね！」

ショートカットの彼女（藤ケ谷《ふじがや》というのだと自己紹介していた）は、キャリーケースを引いて駅に向かいながら、何度も牽制するようにこちらをちらちらと見た。安心させるように〝大丈夫です〟と手のひらを出して見送る。

坂田はまだ釈然としない顔で隣からぬっと首を伸ばしてきた。

「土屋、代わろ。俺がその子を送る」

「代わらない。送らせない」

「いいじゃんケチ！」

「藤ヶ谷さんと約束してたの、さっきお前も聞いただろ。俺が一人で送り届けるのが条件だって」

「はぁ？　どうせ俺が食うかお前が食うかの違いだけじゃん。あの女、人を見た目で判断して、男のことなーんもわかってないな！」

「いや、食わないし」

「え、嘘ばっかり。食うだろ」

「食わない」

「食うんですよ！」

そう宣言したのは、すっかり手足に力が入らなくなって、俺によりかかりながらもなんとか自分で立とうとする彼女だった。

「……だって、ほら。据え膳じゃん。食うだろ」

「だから食わないって……送ってくる」

まだ不満をこぼす坂田を完全に無視して、彼女の肩を支えながら、タクシーが走る大通りまでの道をのろのろ歩き出した。坂田よりも、実はこっちのほうがちょっと厄介そうだ。

「美蘭さん」

さっき別れる寸前に、藤ヶ谷さんが彼女のことをそう呼んでいた。姓を聞いていないので真似して名前で呼ぶと、目を丸くして見上げてくる。まだ少し潤んでいるけれど、視線の焦点は合っていた。

「なんでしょうか」

「これからタクシーに乗りますけど、自分の住所、言えますね？」

「……」

いや、黙られると困るんだけど……。

藤ヶ谷さんに彼女の住所を聞いておこうと思ったのに、「実は私たち会うの久しぶりで。美蘭、最近引っ越したらしくて、今の家をまだ知らないんです」とのたまった。彼女の家の住所は彼女しか知らない。

「……美蘭さん？」

「本当に食わないんですか？」

恐ろしいほど無垢な目でそう尋ねられた。

「……食いませんよ」

意味わかって言ってるんですかそれ、と俺が呆れ交じりに言うと、美蘭さんはツーンとそっぽを向いた。さっきのように「食うんですよ！」と突っかかってくることもない。

……なんだかよくわからないけど、不機嫌になった。

「住所が言えないなら、適当にホテルに放り込みますけど」

「そうしましょう‼」

美蘭さんは一気に元気を取り戻し、淫靡なネオンが光る建物をビシィッと指さした。

あ、この子そこまで酔ってないわ……絶対に住所言えたやつだわ……。

確信犯だとわかったものの、問い詰めたところで住所は吐かなさそう。そこにエネルギーを使うのもしんどいなと思った俺は、彼女の好きなようにさせようと思った。ラブホテルがいいならラブホテルに放り込めばいい。そこで一人寝かせておけばいい。手を出しさえしなければ、藤ヶ谷さんとの約束は守られるだろう。

足を踏み入れたラブホテルは、外のネオンこそ目立とうといやらしい光を放っていたが、内装はそこそこ上品な雰囲気だった。

元々普通のホテルだったところを改装したのかもしれない。エントランスに置かれている小さなテーブルも、チェアも、古く格式高いアンティーク品だった。薄暗かったし触って確かめはしなかったけれど、おそらく本物だ。

そんなことに気を取られつつ、部屋を選ぶタッチパネルの前。何をするわけでもないので一番狭い部屋にした。ようやく少し足元がしっかりしてきた美蘭さんが、まじまじとパネルを見つめる。物珍しそうに。

その顔がちょっとおかしかった。

「初めて見る？」

「えっ……まさか！　そんなわけないでしょう。常連です」

「……常連？」

なんの冗談だろう。しかし彼女は真剣な顔で言っていた。冗談じゃないのなら……どうしてこんな、見え見えの嘘をつくんだろう。「食うんですよ！」と言ったり、ラブホテルに入りたがったり。さっきのバーで荒れていたことと、何か関係があるんだろうか？

俺は首を傾げた。取り出し口から鍵を手にして、〝まあいいか〟とエレベーターに向かう。その間にも美薗さんはしゃべり続ける。誰かとすれ違わないか、体を強張らせてきょろきょろしながら。

「出会ったばっかりの人となんて、ホテルでするのが普通でしょう？　家なんて絶対に教えないじゃないですか」

「……はぁ」

「そしたらすっかり、週末はホテルで過ごすのが当たり前になっちゃって」

……なんか変な演技が始まっている！

あまりに無理のあるセリフに、返事に困って黙ってしまう。初心《うぶ》そうな彼女の口からチグハグな言葉が飛び出すから、最初は何を言っているのかと思ったが。どうやら彼女は〝遊び慣れている自分〟を演出しているらしかった。

いや……それをするにはもう遅いだろ。俺はさっきのバーで彼女が「真面目に生きるのはもうやめる！」と豪語する場面を目撃している。美薗さんはそれを忘れている？

部屋に入って、彼女のバッグをソファに置いた。部屋の真ん中で手持無沙汰になって、おずおずと振り返る美薗さん。何やら勝手に照れている。

「……あの」

「なんですか？　俺もう帰りますけど。化粧落とすなら、洗面所にアメニティーもあるみたいで……」

「本当に帰るんですか？」

「……帰りますよ」

どうしてそんな切羽詰まった表情で訊いてくるのか。

帰ってほしくなさそうに、少し寂しそうに。眉根を寄せて、彼女はゆっくりと俺に歩み寄ってきた。……まだちょっと酔ってるんだろうな。

寝かしつけてから帰ろうと、そばに寄ってきた彼女の頭を撫でてベッドまで手を引く。

美薗さんはおとなしく後をついてきて、従順にベッドに座った。ジャケットを脱がせて横に寝かせる。深くベッドに沈み込んだ体に布団を掛けた。

「おやすみなさい」

すると、不満げな目がうるっと揺れて。それに気を取られている間に、細い指先が伸びてきた。

つつ、と俺の耳の裏を撫でてくる。

「っ」

不意打ちに若干感じてしまった俺を見上げて、美薗さんは勝ち誇るでもなく、まだ寂しそうにしている。

「真剣にお願いしてもダメですか？」

「……」

「あなたに食われたいんです」

「……だからそれ、ほんとに意味わかって言ってます？」

「わかってます。抱いてください」

まっすぐ見つめられてそんなことを言われれば、正直なところムラッときてしまう。

だけど美薗さんは絶対に慣れてない。

藤ヶ谷さんも言っていた。今日は飲ませすぎてこんなことになっているけど、本来は真面目で、少し潔癖すぎるところがあるくらいなんだと。

何か間違いを起こしたと知ったら、正気に戻ったときききっと死にたくなるだろうから、本当に送るだけにしてください、と。

「抱きません」

きっぱり断ると、案の定美薗さんはじわっと涙ぐんで傷ついた顔をした。正しいことをしたはずなのに、俺はなんだか罪悪感でいっぱいになる。

「やだっ……」

「おわっ」

首に腕を回されて抱き寄せられた。急なことに、彼女を自分の体重で潰さないように
ベッドに手を突くのが精一杯で、美薗さんの上に覆いかぶさる体勢になった。
「お願いだから抱いてくださいっ！　このまま帰らないで」
「いや……だって美薗さん、めちゃくちゃ酔ってるでしょう……？」
柔らかく優しい匂いに包まれながら、まだきちんと働いている自分の理性が憎い。彼女
が彼女の言葉通り、本当に遊んでいるんだとしたら、俺も〝一晩くらいなら……〟と乗っ
かってしまっていたかも。だけどどう見ても彼女はそうじゃないし。
初々しい様子でラブホテルの中を見回し、実際に組み敷かれている今も、自分から誘っ
ておいてガチガチに緊張している。……これは抱けないだろ。なんか、抱いたら捕まりそ
う。少なくとも藤ヶ谷さんには半殺しにされるに違いない。ダメだ。ナシナシ。
（……どうしたものかなぁ）
〝抱いて〟と駄々をこねる美薗さんの頭を撫でてあやしていると、彼女の顔がある自分の
首のあたりから、ぽろぽろと言葉がこぼれてくる。
「どうして……なんでダメなんだろう、私……」
「……美薗さん？」
「そんなに私、つまらないんでしょうかっ……」
なんだか様子がおかしいと思った。いつの間にかまた涙を流していた美薗さんは、しゃ
くりあげながら何かを言っていて。所々うまく聞き取れない。

苦しそうで見ていられなくて、横になっていた彼女の体を抱き起こした。落ち着かせるように背中を撫でる。

「美薗さん、ちょっと過呼吸になってない……？　大丈夫？」

「もう苦しい……」

「落ち着いて。ゆっくり息吐いて……」

「そうじゃなくて‼」

バッとこちらを向いた顔は、目が涙でキラキラ輝いていた。

〝苦しい〟と言っているのになんだか綺麗に思えて、一瞬視線を奪われてしまったほど。

「もう苦しくて、限界でっ……真面目でいたって本当に、なんにもいいことなんかない！」

泣きながら、割れんばかりの声で彼女は叫んで。

そこからは言葉が止まらなくなった。

彼女が語ったのは、主に会社でのことだった。人の役に立つことが好きで、雑用も進んで引き受けていたし、それも特に苦ではなかったという話。だけど彼女はその日、偶然耳にしてしまったらしい。自分のことを「お節介が過ぎる」と煙たがる声を。

〝ああそうか〟と、美薗さんは思い直した。〝自分の独りよがりだったんだ〟と。〝これからはもっと周りをよく見なきゃ〟と反省した。——だけどその陰口にはまだ続きがあって。

『あんなおカタい舟木に尽くされてもなァ』

『何をしてくれるかよりも、誰がしてくれるかですよねー。大事なのは』

『言えてる』

彼女が立ち聞きしてしまったのは喫煙ルームの前だった。よく知る同僚の男二人が、自分がしたことではなく、自分自身について不満を述べている。〝心臓がぎゅっと縮んだ〟と、美薗さんは言った。

そして足を動かせなかった彼女は、最後まで聞いてしまったのだ。

『舟木さんはどうしてあんなニコリともしないんですかねぇ』

『性格だろ。真面目すぎて面白くないんだよ。〝ちょっとは男と遊んだほうがいいんじゃないですか？〟ってお前、言ってやれ』

『殺されますよ！　っていうか舟木さん絶対、男の経験ないですよねー。抱いてもつまんなさそー』

ぎゃはは！　と笑う声を――その後彼女が何度思い出し、その心を何回串刺しにされたか。言った本人はきっと想像すらしていない。

「――バカみたいだなって思いませんか？」

彼女の声はまだ泣いていた。

「誰かのために何かしてあげたいと思っても、空回って。でもそれってそもそも、私がしたってだぁーれも喜んでくれないことだったんです。私は〝つまらない女〟認定されてしまっているので」

「……」

「そういえば、前に付き合ってた人にも言われました。……彼が満足するまで、ずっと我慢するようなセックスをしていて。勇気を出してイヤだと言ったら、彼は私のこと〝つまらない女だな〟って」

彼氏いたんだ……と胸に引っかかって、悟られないように背中を撫で続ける。そこじゃない。今大事なのは、そこじゃないから。

うん、と相槌を打って、もう少し彼女の言葉に耳を澄ませた。

「私だって誰かに必要とされたい。必要とされて、関係を築いて……たまに私も、甘やかされたりしたいのに」

吐露された本音に、坂田の言葉を思い出す。

〝女の子は優しくされたい〟

何を言っているんだ坂田……とさっきは思ったけど。あいつが言ったことはとても普通なことな気がしてきた。優しくされたい。彼女が求めているものは、なにも特別なことじゃない気がするのに。

「……もう嫌なんです。ひとり損したくないんです。〝つまらない〟なんて言われたくない。だから真面目はやめるって……遊べる女になってやるって思った。でも、今も、全然うまくいかないっ……！」

それで今日遊んでみるつもりだったのかと、俺はここで初めて彼女の意図を悟った。ためらいがちに一生懸命誘惑してきたのは、そういうことか。

彼女は言葉を繰り返す。

「真面目でいたくない」

「うん」

「でも、不真面目になる方法もわからない」

「……うん」

「……どうしたらっ……」


どうしたら幸せになれるの？


嗚咽《おえつ》交じりの問いには答えられずに。

もどかしくもあって、でもそれ以上に愛おしかった。

この人はなんて素直に泣くんだろう。子どもみたいに人の胸で泣きじゃくって、「もうわかんない！」と他人の俺に本音を垂れ流していて。


不器用すぎるだろ、と思った。

もっとうまくやれよ、とも思った。

でも愛おしかった。

こんなに剝き出しの感情に触れたのは初めてで、彼女が泣いているのに、俺はちょっと嬉しくて笑ってしまったのだ。

思わず自分の胸に彼女を抱き寄せていた。

瞼にキスをして、力の入っているこめかみをほぐすように頰擦りをする。

すると、彼女は氷が溶けていくようにまた目から涙を流して、完全に体を預けてきた。それをしっかりと抱きとめる。

子どもさながらわんわんと泣いて、泣き疲れて少し、落ち着きを見せた。それから美薗さんは同じ質問をした。

「……やっぱりもう、帰ってしまいますか?」

俺は少しだけ逡巡したけれど。

「……俺が甘やかしていいんですか?」

彼女は真っ赤に腫らした目で頷く。

(……藤ヶ谷さんごめん)

──そう心の中で詫びて。

俺は、美薗さんをゆっくりベッドに押し倒して再び覆いかぶさった。

処女ではないと言っていた。だから、そこまで神経質になることもないんだろうけど。

一枚一枚服を脱がせていく間、彼女は神妙な顔つきで俺のことを見上げていた。

「……あの、美薗さん」

「はい」

「そんな顔で見られると、なんだか……悪いことをしている気になるので」

「えっ！」

いや、実際藤ヶ谷さんとの約束を破ることになるし、悪いことなのかもしれない。

指摘すると美薗さんは、今度はあたふたとし始めて、焦った顔になって。また一段顔を紅潮させ、その頬を隠すように自分で触りながら言う。

「……どんな顔してたらいいですか⁉」

「……ふっ、ははっ。それを俺に訊くんですか」

思わず笑ってしまった。

子どものように泣く姿を見たあとは、些細なことがいちいちたまらなかった。くるくる変わる表情と、慣れているフリと相反する初々しい反応。

かわいいなぁ。心の中だけで思いながら、ハマらないようにしなきゃと、意外に冷静な部分も残っていた。

きっとこの一晩だけの関係になる。

明日になってお酒が抜けたら、この人はまたシャンとして、本当の気持ちを隠しておくんだろう。長年の友人もずっと気づかなかったくらい、巧妙に。なんだかそんな気がした。

「……口、開けて。舌入れますよ」

「いっ……いちいち確認しなくても大丈夫ですっ。慣れてます！」

嘘ばっかり。苦笑しながら唇を舐めると、美薗さんはビクッと体を震わせながらおずおずと口を開けた。驚かせないようにゆっくり舌を差し入れる。

「……んんっ」

小さな舌を舐めると、鼻にかかった甘い声が漏れてきた。ゾクッとする。もう少し舌を奥へ伸ばす。ためらいがちに動きを合わせてくる。彼女の舌の動きは、やっぱりぎこちなかった。

あんなに本音を曝け出しておいて、慣れていないことは未だに隠そうとする。自分が何を語ったか忘れてしまったのか。「いや、こういうの慣れてないんでしょ」「どうしてそんな演技するんですか」と問い詰めて、認めさせてもよかったけれど――。

「はッ……気持ちいいですね、キス。……もっとしてもいい？」

「っ……だから、いちいち確認しなくてもっ……」

「いきなりいろいろすると怖いかなと思って」

「怖くありません。さっきも言いましたけど、私は慣れてっ……」

「本当に？」

「……本当です。もんのすごいビッチなんですよ、私」

――強がる様子が、おかしくてかわいくてたまらなかったので。

「じゃあ、遠慮なく」

「え、あ……ひゃぁんっ！」

少し強引に胸にむしゃぶりついた。

彼女の演技に乗っかることにしたのだ。……とは言っても、この夜の目的は彼女を甘やかすことにあって、無理をさせることなく始終優しくするつもりでいた。

しつこいほど胸に愛撫を施し、そこに限らず全身に触れていった。頭のてっぺんから足の爪先まで、美薗さんが好きな場所を丹念に探って。

結果、肩が弱いことがわかって。触れると身を竦めて小さくなり、頬を赤らめる。

その仕草に妙に心惹かれて、俺は彼女の両肩を撫でまわしながら耳の裏にキスをした。

「だっ……だめ！　それっ……そんっ、な……ううっ……」

「ん……美薗さん、かわいいっ……」

「えっ！」

心の中でだけ思っていたことが、いつの間にか声に出ていた。〝しまった〟と思ったけど、言われたほうの彼女はいっそう頬を赤くし、戸惑った表情になった。その反応もやっぱりかわいかったので、〝まぁいいか〟と俺の気持ちもゆるんだ。

「……挿れますね」

トロトロになった彼女はもう、「いちいち確認しないで！」とは言わなかった。

ただ恥ずかしそうにコクッと頷く。

〝本当にいいのかな〟と最後に思いもしたが、やめられそうにもない。備え付けの避妊具に手を伸ばし、準備をしながら彼女の唇にキスを落とす。

口付けるとうっとり目を閉じて、唇を離すと寂しそうに目を開ける。その瞼に慈しむようなキスをまた落とす。〝ふふっ〟と美薗さんが、くすぐったそうに笑う。

「……あっ」

緊張しないように、彼女が機嫌よく笑っている間に切っ先をナカに埋めた。きゅんと締まる蜜口に追い出されそうになりながら、それでもなおゆっくり腰を押し付けていくと、徐々に沈み込んでいく。

「んんっ……！」

「……つらい？」

「ん……全然。……全然です」

そう言いながら美薗さんは俺の顎にキスをした。

「っ……」

「あ、あ、あぁっ……」

「…………っ、はぁっ。全部入りました……動いても？」

目にいっぱい涙を溜めてこくこくと頷く。話を聞く限り処女ではないはずだけど、まるで初めてみたいな反応をするから、こっちまで照れてしまう。

今にも滴が垂れそうな目尻に唇を寄せながら、弱い力で腰を揺さぶった。

「は……あぁん……」

「……ここ？　浅いところ、好きですか」

両脚を抱え上げ、少しの角度をつけて正面から突く。奥まで挿れたのは最初だけで、そのあとはずっと浅いところでピストンを繰り返していた。そうするたびに彼女は甘くもどかしそうな顔をして、自分の手の甲で必死に声を抑えながら、身悶えして。

もっと激しく突き上げたい衝動に駆られる。――でも甘やかすにはたぶん、今くらいがちょうどいい。坂田のように上手く甘やかせる気はしないけど、ガッつくのは違うだろうなと思っていた。だから、どこかで理性を保っていた。

それなのに美薗さんは。

「んっ、はんっ……んんっ、あ、あのっ……」

「ん……？　なんですか？」

頬を紅潮させて瞳を潤ませ、喘ぎながら懸命に何かを伝えてくる。

「はぁっ……こんなこと言って、嫌わないでほしいんですけど……」

「……何？」

一度目を伏せて、ためらって。それから意を決したように口を開く。

「……気持ちいいです。……もっとして」

――その言葉で、理性はどこかにいってしまった。

「あんっ！　あんっ！　……はっ、もぉっ、だめぇっ……！」

「っ……嘘でしょ？　美薗さん、腰動いてますよっ……」

ガッつくのは違うと思っていたくせに、ガッついていた。美薗さんに煽られたあと、このとき既に三ラウンド目。正常位では飽き足らず、もっと彼女の奥に自分を刻み付けたい欲に駆られて、背中を向けさせ後ろからガツガツと奪った。

耳の後ろも弱いと知ってからはそこにキスを繰り返しながら、胸の尖りを両手で弄って。バックで突くとずっと甘い声で喘ぎ続ける彼女に夢中になった。

「ふっ！　あぁん！　あ、あ、やぁっ……胸っ……」

「はっ……刺激が強い？　……でも、イイんですね。すごく締まるっ……」

「んんっ……ん、イイ、ですっ……」

肯定するときだけ声が小さくなる。

シャンとしているらしい普段の姿を俺は知らないけれど、なんとなくわかる。美薗さんはきっと人一倍羞恥心を持っていて、感じることをはしたないと思っている。だから、ほんとだったら〝イイ〟なんて絶対に言わないに違いない。

そんな彼女が今、自分の腕の中で本能的に乱れているということ。そのことに興奮したし、もっと乱したいとも思ったし――少し泣きそうになった。目と鼻の奥がツンとする。

なんだこれ。

ただのセックスだと思うのに、そうではない気がしていた。

「――〝抱いてもつまらなさそう〟なんて言った男は、ほんとにバカだと思う」

「……え……？」

「だって美薗さん、こんなにいやらしくて、綺麗で…………最高です」

ほんとにクセになりそうだった。

……というか、クセになっていた。


だから結果として、翌朝には。

「この関係、続けません？」

〝もう会うこともありませんね〟と澄ました顔で言った美薗さんに、俺はそんな提案をしていた。朝になっても精一杯ビッチのフリをして「後腐れのない関係がよくてあなたを誘ったんです」なんて言う彼女は、やっぱりどうにもおかしかった。

〝関係を続けよう〟と俺が提案すると、そっぽを向きながら嬉しそうに肩を震わせている姿に、もうダメだと思った。

かわいい。美薗さんは、とんでもなくかわいい人。

そう思うほど離れがたくなって――まさか同僚だとは思わなかったけど。部下になるとわかったら、さすがにセフレは続けていけない。そう思って再会後は距離をとる気でいたのに、そんな理性もまた彼女に溶かされた。

もう少し、彼女の顔を見ていたいと思ってしまった。

＊

出会った日の美薗さんのことを思い出して一人にやけそうになっていると、目の前の彼女がパチッと目を覚ました。

「おはよう」

さらっと前髪を撫でると目をパチクリさせて、事態を呑み込めずにいるようだった。

しばらく黙り込んで、状況を把握する。真顔でいたが、昨晩のことが如実に思い出されてきたのか、見る見るうちに顔が赤くなった。

「……おはようございます」

「体、平気ですか？」

「平気です」

布団で自分の胸元を隠しながら、むくりと起き上がる。素っ気ない返事をする声は少し嗄《か》れていて、〝あれだけ喘げばそりゃあ……〟と俺も思い出してしまった。……うん、これは確かに恥ずかしいかもしれない。

自分が照れたことをごまかすようにして、美薗さんの胸に顔をうずめた。

「ひゃ……」

「美薗さん。昨日、どうでした？」

尋ねると彼女の体温が上がった気がした。柔らかい胸の間にいたので表情は見えなかったけれど、頭上からはぶっきらぼうな声が返ってきた。

「……悪くなかったです」

「……くくっ」

〝恥ずかしかった〟の間違いじゃなくて？

そう言ってやりたいのをぐっと堪えた。この、精一杯強がっているところがたまらないのだ。たまらないけど、意地悪してやりたい気持ちもある。

「ん……え、冬馬さん……ちょっと、もうっ……」

胸に顔をうずめたままゆっくり押し倒す。制止の声は一旦無視した。彼女を下に敷いたまま布団を被りなおして、胸、鎖骨、首筋へとキスを落としながらのぼっていく。

「んんッ……」

その途中でたくさんのキスマークを見つけた。その色の濃さと数の多さに、〝狂ってるな……〟と思ったけど、犯人は自分だった。

狂ってる。いつの間にかどうしようもなく好きになっていたことを自覚して、彼女の形のいい耳に唇をくっつけた。

「もっ……冬馬さん！」

「俺は最高でしたよ、美薗さん」

「っ」

囁くとビクッと体を震わせる。抵抗しようとした手を握りこんで、息をたっぷり含ませた声を耳の中に注ぎ込んだ。

「突くほど声が甘くなって……本当にかわいかった」

「やっ……」

「最初はおとなしかったのに、ちょっとずつ大胆になっていって……」

「……もっ、やめっ」

「〝抜かないで〟っておねだり、ほんとにたまらなかったです」

「っ」

「……時間延長してもう一回する？」

「しません‼」

力一杯拒否された。冗談だったのになぁ。そこまで拒否されるとほんとにしたくなるなぁ。……なんて言うと「しつこいですよ！」と嫌われてしまいそうなので、黙っておく。

隣に寝っ転がって頭を胸に抱き寄せ、〝ぽんぽん〟と撫でる。ムッとしていた美薗さんの空気が、それだけでちょっと和らぐ。

「……出張なんでしょう？」

「わ、そうだ。荷物持ってきててよかった……」

「何時の新幹線ですか？」

「七時半」

「結構ギリギリですね……」

そう言う声が少しだけ残念そうで、嬉しくなってしまう。

きっと彼女にその自覚はないのに。

美薗さんの言う通り結構ギリギリだった。シャワーを浴びて、支度をしてすぐにここを出なければならない。なんで今日に限って休日出勤なんだろう。せっかくの土曜日なのに。そんなどうしようもないことを思いながら、くしゃっと彼女の髪を掻き撫でて額にキスをする。

「……こうしてたいなぁ」

「……はぁ」

「できるものなら、きみとセックス漬けで暮らしたい」

「……最低ですね！」

そう言いながら満更でもない顔をするから、きみが俺を調子に乗らせているんですよ。

言ったらしばらく口を利いてくれないかもしれないから、やっぱりこれも言えないけど。

意外と言えないことが多い関係だった。でも、全然本音を隠せていない彼女を見るのが好きだから、もうしばらくはこんな関係でいいか、と思う。

代わりに別の言葉をかけた。

「美薗さん今度、デートしようか」

「…………」

美薗さんはまた黙る。黙って、何かを考える。

何を考えているかは手に取るようにわかった。

「……私たち、セフレですよね？」

ほら。そう言うと思った。

だからその質問への答えは、最初から準備していた。

「セフレだってデートくらいするよ、今どき」

「……そういうものですか？」

「そういうものです」

「…………考えておきます」

そう言って布団の中に潜った顔がすごく喜んでいる……という予想も、たぶん、ハズレじゃないと思うんだ。

第5章　セフレ、初めてのデートをする。

——それは、まったく予期していない問いかけだった。

「……え？」

昼食時。自分のデスクでお弁当を広げていると、近くの席の同僚女子がなんの気なしに私に質問をしてきた。

不意を突いたその問いかけに、ぽろりとだし巻き卵を箸から落とす。それは幸いにもお弁当箱の中を転がった。あぁ危ない。食べ物を粗末にするところだった。……いや、それよりも。

「……どうして？」

私はお弁当箱から顔を上げて、逆に問いかけた。どうしてそんな質問が出てくるのか、不思議でたまらない。

「いやぁ……なんか、そうかなぁってなんとなく」

彼女はただニコッと笑って席を立つ。長財布を片手に持って。外に食べに行くのか、コンビニに行くのか。

待って。

こんな大きな謎を残していかないでほしい。

そう思ったけど私は、箸を片手に固まったままだった。

「いいなぁ、羨ましい～。私にもなんかないかなー」

同僚女子はそうぼやきながら、機嫌よさそうに行ってしまう。

（羨ましいなんて言われても……）

課員の大半が外に食べに出て、一気に静かになったオフィス。私はしばらく彼女の何気ない質問に頭の中を占拠されていた。

さっき取りこぼしただし巻き卵を口に運びながら、ぼーっとして、自分ではまったく答えにたどり着けないでいた。

そんなとき〝ブブッ〟とデスクの上で振動音がして、ビクッとしながら目をやると、そばに置いていたスマートフォンのディスプレイにメッセージが表示されていた。

〝順調？〟

その一言だけの問いに――どう答えたものか。箸を片手にうーんと首を傾げる。

メッセージの送信者は藤ケ谷瑞貴《みずき》。私の高校時代からの親友だ。

冬馬さんと関係を持つ直前、私はどうしようもなくなった胸の内を彼女にぶちまけていた。その日は会社で自分の陰口を立ち聞きしてしまって、散々だったのだ。

瑞貴ほど自分のことについて話せる友人はいなかったし、そんな彼女にでさえ、お酒の力を借りなければとても洗いざらい打ち明けることはできなかった。

きっとそれも、私の変に真面目な部分が邪魔をしているんだと思う。打ち明けるよりも前に、「こんな個人的な愚痴を言われても困るだろうな」と客観視してしまう自分がいる。

お酒の力を借りて、私はうまく話せただろうか？

正直なところ、冬馬さんを誘う前あたりからの記憶がかなり曖昧だ。普通なら瑞貴に迷惑をかけながら帰宅しそうなところ、そうはならずに冬馬さんといたのはどうしてなのか。いや、誘ったのは確かに私のはずなんだけど……。結果、どうして彼とホテルに行くなんて、そんなことが許されたんだろう。

経緯がよくわからないままに、私は瑞貴に嘘をつくことになってしまった。

＊

冬馬さんと最初に迎えた朝、彼と別れて自宅に戻った私のスマートフォンには、瑞貴からメッセージが入っていた。

〝無事？〟

……無事？　何をもって無事というのか。冬馬さんと体を重ねたことは有事になる？　そんなこと聞けるはずもないけど。メッセージにはこう返した。

〝おおむね無事〟

〝なんなのその微妙な答えは〟

すぐさま返ってきたメッセージに、〝だって久しぶりにセックスしたこと以外は無傷ですし……〟と心の中で返事をしながら、ただ〝無事〟とだけ返せばよかったと思った。そうすれば追及されることもなかったのに。

瑞貴は私の返信を待たずして次の一通を送ってきた。

〝ちゃんと家には帰れたんだよね？〟

〝うん。今は家にいるよ〟

〝……今ってもう朝だけど。え。今までどこにいたの？〟

なぜか勿体つけた返事をしてしまう自分。結局私は瑞貴に、ついさっきまで冬馬さんと一緒にいたことを打ち明けてしまった。

絶対に黙っておくべきだったと思うのに、なんだかちょっと照れくさいような、自慢したいような、そんな気持ち。一人の部屋でにやけだしてしまいそうだった。

返信を打ち終えて、スマートフォンをテーブルに置いて。さて、家事でもしようかな……と腰をあげたとき、着信があった。瑞貴だ。

「もしもし？」

『寝たの⁉』

「……瑞貴。仕事は？」

寝たのって、どんな第一声だ！　動揺したのを冷静な声で隠した。

内心は、瑞貴をこれくらい慌てさせることをしたんだと思って、ドキドキしていた。〝もう昨日までの私じゃない〟なんて思った。

『びっくりしすぎて抜けてきちゃったじゃない！　……なんで⁉』

なんで、と訊かれるとうまく答えられなくて黙ってしまう。

なんでだっけ？

ビッチのフリをして誘ったら、冬馬さんがそれに乗ってきた。だけどそれだけのことにしては、やけに優しくされたような気も……なんだかもっと、大事なことが起こった気がするのに。

……ダメだ、全然思い出せない。記憶にモヤがかかったみたいになって、思い出せるのは激しく攻めてくる冬馬さんのことばかり。

私が黙っているものだから、電話の向こうの瑞貴の声は不安そうに強張った。

『……まさか、無理やり襲われたんじゃ』

「違う違う。そうじゃなくて……」

その誤解はあんまりだ。冬馬さんに悪すぎる。

だけどどう説明しよう？　まさか〝セフレになりました〟なんて……言えないよなぁ。

絶対に彼女を心配させてしまうだけだ。やめなさいって言われてしまうかも。

『じゃあどういうこと？　ちゃんと説明して。……ただ一緒にいたってわけじゃないんでしょう？』

──安心してもらわなきゃ。

そう思って、逡巡した上で私の口から出てきた言葉。それは。

「付き合おっか、ってことになったの」

真っ赤な嘘だった。

＊

そんな嘘をついてしまったという経緯があって、今。瑞貴から私に〝順調？〟なんてその後の経過を窺うメッセージがやってくるのだ。

私はお弁当のウインナーをもぐもぐしながら、まだ返事に頭を悩ませている。嘘をついた瞬間から心苦しくなってしまったので、さっさと別れたことにしてしまおうかとも思ったのだが。そうすると、それはそれでこの正義感の強い友人は〝遊ばれたの⁉〟と怒りかねない。冬馬さんに怒りの矛先が向くのは避けたい。

冬馬さん……と思い出して、彼のデスクのほうを見る。スーツのジャケットが椅子にかかっているが不在。きっと誰かと昼食に出たんだろう。

彼の歓迎会のあと、有無を言わさず連れていかれたホテルで、思い出すのもはばかられるような痴態を繰り広げた。朝になったら冬馬さんはえらくご機嫌で。

『美薗さん今度、デートしようか』

私は今度、冬馬さんとデートをするらしい。

セフレなのに。彼は「今どきセフレだってデートくらいする」と言っていたけれど……本当にそんなものだろうか？

迷った末に、私は瑞貴の〝順調？〟という問いにこう返信した。

〝今度デートする〟

……うん、嘘は言ってない。

もうこれ以上嘘を重ねたくない私は、今起きているそのままの事実を伝えた。だけど、ほら。付き合っているという嘘をついているからこそ、文脈の通るこの返事。やっぱり〝デート〟は、交際している二人がするものなんじゃないかなぁ……。

そんなことを考えているうちに早速返信がきた。人気のメイクアップアーティストである彼女は多忙なはずなのに、大丈夫なんだろうか。それでもこんな話題ができたお陰で、前よりも仲良くなれた気もするから、悪い気はしないのだけれど。

メッセージを開く。

（……え？）

その文面に、私は目を見張った。一瞬意味がよくわからなかったのだ。

どういうこと、と返事を打とうとしたとき——チュッとこめかみに湿った感触があった。

「……うえぇぇ!?」

「……もうちょっとかわいい驚き方してほしいよ、美薗さん」

私のこめかみにさらっとキスをしたあと、呆れた顔で私を見下ろす冬馬さんが目の前にいた。……いやいや！

会社でこんなことされたら！

誰だって驚くわ！

「こんな場所でっ……」

「ちょうどみんな昼飯に出てるみたいだったからさ。誰もいないからいいかなと思って」

けろっとした顔でそう答えた冬馬さんは、小脇に書類や手帳を抱えている。見たところ昼食に出ていたわけではなく、今までどこかで打ち合わせをしていたようだ。

彼はデスクに片手を突くと、私の手の中のスマートフォンを覗き込んできた。

「誰？　友達？」

「あっ」

慌てて私はディスプレイを手のひらで覆う。瑞貴からのメッセージは、なんとなく冬馬さんに見せちゃいけない気がした。

「……隠されると気になるなぁ」

「ぷ……プライバシー！」

「なに、美薗さん、浮気？」

訊きながらそっと、スマートフォンを隠した私の手の甲を撫であげてくる。くすぐるようなソフトタッチで手をどけさせようとしながら、また私のこめかみに唇を寄せてくる。

私はいつ誰がここに戻ってくるかわからない状況にドギマギして、スマートフォンを守りながら彼の唇をもう片方の手のひらで遮った。

「浮気って……セフレに浮気も何もない……」

「そんなこと言うならまたお仕置きするよ」

それともわざと煽ってる？　と。

吐息をたっぷり含んだ声にそう囁かれて、私は椅子から落ちそうになった。

「――もうっ！　いい加減にしてください！」

「ごめん」

はははっと笑うと、彼は案外あっさり私を解放した。どうやら、からかわれただけらしい。……冗談じゃない。〝またお仕置き〟なんて。

歓迎会の夜のエッチは本当にひどかった。浴室であれだけ無茶苦茶しておいて、ベッドに入ってからも三回。私が勝手にセフレということに仕立てた同僚相手に、まるで嫉妬でもするみたいに激しく私を奪った。なんかもうすごかった。そんな稚拙な感想しか出てこないくらい、すごかった。うん……。

勝手に思い出して、顔が熱くなってきて困っていると、気づけば冬馬さんはじっと私のことを見下ろしていた。

「……顔に何かついてますか?」

やだ。もしかして顔が赤くなってるのかな。

前髪を撫でつけるようにして表情を隠す。冬馬さんは「ううん」と優しく笑って首を振る。まだ誰も戻ってきそうにないのを確認して、私のデスクに寄りかかった。

「美薗さん、最近キレイになったねって人から言われない?」

「会社で名前を呼ぶのは……」

「言われるよね?」

「……ついさっき、同僚の女子に言われました」

そうなのだ。さっき長財布を持って出て行った同僚は、〝今ふと気づいた〟というかんじで私に「舟木さん、キレイになった?」と言ってきた。

私が何か変わったかといえば……前よりも少しだけ朝のメイクにかかる時間が長くなって、髪の手入れも入念にするようになって艶が出てきたということくらいだと思う。だからそんな、劇的に何かが変わったわけではない。

やっぱりね、と冬馬さんは納得したように頷く。

「何が理由かって訊かれなかった?」

もしかしてさっきの瑞貴からのメッセージ、冬馬さんに見えてしまったんじゃ? そんなことを疑いながら黙秘していると、冬馬さんは冗談っぽく笑って言った。

「教えてあげなかったんだ？　〝夜の生活が充実してるからですよ〟って言ってあげ――痛っ！」

　座ったまま思わず冬馬さんの脛を蹴っていた。

「意外と脚癖が悪いね美薗さん……！」

「今のは冬馬さんが悪いです！　何言ってるんですか、会社で！　それにっ……それは冬馬さんに会う前から充実してました！」

　あまりにびっくりしたので蹴ったあと私は立ち上がっていた。

　ほんとにこの人、こういうこと抵抗なく言うな……！

　自分が最後に付け加えた言葉もいかがなものかと思うけど……。ビッチという設定上、仕方ないか。

　脛を痛そうにさする冬馬さんを見下ろす。

　本当に痛かったみたいでちょっと目が潤んでいる。

「でも、キレイになったって言われたのは最近なんでしょう？　なんで……」

　黙秘。

　言えるわけがなかった。

　同僚から「恋でもしてるの？」と訊かれたことも。

　瑞貴から〝なんだ、結構ちゃんと好きなのね。安心した。〟とメッセージがきたことも。

　言えるわけがない。セフレに対してそれはないでしょう。それだけは冬馬さんに言えない。

勝手に恋に落ちたと思われたら、この関係はきっと終わってしまう。

「……美園さん、ファッション誌とか読むんだね」

私が答えそうにないことを察したのか、冬馬さんは話題を変えてきた。

「……なぜそれを？」

「鞄。口おっきく開けて放置してたら、中が丸見え」

そう言って足元のボックスに入った私のバッグを指さす。そこには、冬馬さんとのデートが決まってから対策にと買い漁った女性ファッション誌が三冊入っていた。

（……さすがに三冊は買い過ぎた！）

これまで気合いを入れてオシャレしなきゃいけない場面なんてそうなかったから、勝手がわからず、結果三冊も買ってしまった、それぞれ系統もバラバラなファッション誌。

バツが悪くなった私は、とっさにビッチらしい言葉を探す。

「……読みますよ。私、会社ではこんな地味ですけど、ここぞというときのために男性ウケするファッションとか研究してますから」

「……ああ、それでこんなに、いろいろと」

「そうです」

「俺の好みにはしてくれないの？」

「セフレにそんな権限が？」

「それもそうか」

つまらなさそうな顔になって冬馬さんは、寄りかかっていたデスクから離れた。その場で軽く伸びをする。

「はぁ……そろそろ誰か戻ってくるかな。じゃあ美薗さん、午後も頑張ろう」

そう言って、彼は彼のデスクに戻ろうとしていた。

私は思わず、彼のスーツの裾を摑んで。

「……美薗さん？」

尋ねていた。

「……ちなみに、どんなのが好みなんですか？」


あくまで市場リサーチですよ。一般男性の一意見として参考にするだけです。

そう前置きして、冬馬さんの好みのファッションを聞き出した。私が三冊も買ってしまった女性ファッション誌を彼はパラパラと捲り、真剣な目で睨みつけると、たまにチラッと私のほうを見る。〝あっ、今頭の中で着せ替えされてる……！〟と思うとどうにも恥ずかしく、私は椅子に座ったまま自分の膝の上の拳をぎゅっと握ってうつむいた。

冬馬さんはたっぷり検討すると、いくつか「コレ」と好みらしいものを指さしていった。私は彼が去ってから、同僚たちが昼食から戻ってくる寸前に、冬馬さんが指さしたページを忘れないよう折り目をつけた。

デートの決行は次の日曜日。日時を指定すると同時に、「迎えに行くから家を教えてほしい」と言われ、私はそこでも〝セフレなのに……？〟とまた首を傾げた。デートをするという時点でもう不思議なのだ。行き先を尋ねても「一旦俺に任せて」と秘密にされた。セフレのデートプランなんて、ホテル直行以外に何があるんだろう？　でもそれなら、午前中のうちから会おうなんて言わないだろうし……。もうよくわからない。

理解できないと悟った私は、デートまでの残り短い時間を自分磨きに集中することにした。会社の中と外では顔が違うのだと豪語してしまった手前、私は変身を遂げなければならない。

そしてやってきた日曜日。

鏡台の前で最終チェックをする。清楚系ビッチのWEBまとめに書いてあった〝メイクは薄めに見えてしっかり〟は、ちゃんと実践できてると思う。頬にほんのり落としたチークは自然に馴染んで、けれど毛穴はしっかりカバーされている。

私はここで初めて、自分が真面目な性格でよかったなぁと思った。あとは、手先がそこそこ器用なほうでよかった。〝デートの日までには完璧に〟と目標を掲げた私は、ネットの記事や動画、雑誌を熟読して、この数日のうちにメイクの腕を格段に上達させた。予習と練習の賜物である。……うん！　我ながらいい感じです！

最終チェックを終えたところでスマートフォンが震える。

〝着きました〟

その五文字を見ただけで一気に緊張した。勢いよく椅子から立ち上がり忙しなく髪を触って、バッグを手に持つ。もう三十分は前から、すぐに家を飛び出せる準備をしてあった。迎えにきてくれる冬馬さんを待たせたくなかったから。

小走りでマンションの玄関ホールを抜けると、シルバーボディーの車が一台。運転席に座っていた冬馬さんは顔を上げ、私に気づくとにこっと笑って車から出てきた。

助手席のドアを開けてくれながら。

「服、俺の好みに合わせてくれたんだ？」

なんて笑って言うものだから、私は〝ううっ〟と身を小さくする。黒のリネンブラウスに、鮮やかなボタニカル柄のスカートは上品な膝丈。差し色の長方形のミニバッグに華奢なミュール。〝ちょっとあの雑誌のまんますぎるかも……〟と思っていたら、案の定、好みに合わせたことがバレてしまった。

私は苦し紛れにうそぶく。

「たまたま、これが着たい気分だっただけです」

嘘だ。昨日は一日、くたくたになるまで歩き回って買い物をした。帰ってきてからも、着こなしがおかしくないか気になって、ずっと鏡の前をくるくるしていた。

そんなことは全部知っていそうな顔で冬馬さんは笑う。

「やっぱり似合うよ、そういう格好。かわいい」

……さらっとこういうこと言えちゃうんだもんなぁ。「ありがとうございます」とお礼を口にして、促されるまま助手席に乗り込む。「似合う」とか「かわいい」とか。そんな単純な言葉で、慣れない努力や悶々と悩んだ時間が報われたような気がしてしまう。たまにはおしゃれするのも悪くない。そんな気持ちが胸を占めていく。

それと同時に、冬馬さんはやっぱり女性の扱いに慣れているんだなぁと。きっと自分以外のことも褒めているであろう唇が恨めしくもなった。デートの初っ端から、私の心の中はとっても忙しい。

私の格好を褒めてくれた冬馬さんも、今日は見慣れたスーツ姿とは違っていた。シンプルなVネックシャツの上にダークブラウンのジャケットを羽織り、裾をロールアップにした綿パンを穿いている。力の入りすぎない休日ファッションは、余裕があって逆に大人に思えた。彼は運転席に座るとシートベルトを締めて、ゆっくりと車を発進させる。

「冬馬さん、車持ってたんですね」

「いや？　これシェアカーだよ。車は長期で海外が決まったタイミングで手放したから」

「へぇー……」

「……美蘭さんもしかして、緊張してる？」

「してないですよ」

めちゃくちゃしている。

冬馬さんが運転席に座ったときから、それはもう、ものすごく。

車を運転する冬馬さんは、どういうわけかめちゃくちゃ格好よかった。ハンドルを握る手に浮き上がる血管や、綺麗なラインの横顔。もしかして私、変なフェチでもあるのかな……と考えてしまったくらい。隣の彼を凝視したくなって、それを一生懸命我慢している。

だけどビッチはきっと助手席に座ることに慣れているはずだから、緊張なんてしないんだと思う。

「一体どこに行くんだろうって、気になってるだけです」

「どこだと思う?」

クイズにされても……。私は何かヒントはないかと後部座席を覗いてみたけど、そこは綺麗に片付いている。服装の指定もなかったし、冬馬さんの格好を見ても、体を動かすレジャーとかではなさそうだ。……もしや?

「ホテル直行……?」

「ははっ。こんな早い時間から?」

「違いましたか」

「それもいいね。ご飯食べるか寝るかセックスするかみたいなの。すごい退廃的」

「……ダメ人間になりそう」

「美薗さん、そういうの許せなさそうだね」

そんなこともないけどなぁ、と心の中で。

ビッチなイメージを守るなら〝そういうの許せなさそう〟というイメージは払拭してお

くべきかと思った。だけど、〝別にそんな一日もありだと思います〟とわざわざ伝えるのも、なんだか恥ずかしかった。

結局私はどこへ連れていかれるのか。緊張して、のらりくらりとした会話を続けて二時間。行き着いた先は――。


「……水族館……！」

目前にそびえ立つのは複雑な造形をした、青と赤を基調にしたかわいい建物。壁にはイルカやマンボウの絵があしらわれていて、それにはぼんやりと見覚えがある。

「冬馬さん、私……高校の遠足以来かもしれません、水族館に来るの」

「あ、もしかして遠足ここだった？」

「え、あ、いや……でもすごく昔のことで」

どうしよう、しくじった。初めて来た顔でいればよかったのに……。

早速後悔したけれど、冬馬さんはまったく気にしていないようで、無邪気に笑う。

「実は俺も学校行事で来たきりでさ。そのときは〝高校生にもなって遠足で水族館？〟なんて思ったけど、行ってみると案外楽しかったなーって」

「あ、私も……すごく楽しかった記憶があります」

「よかった。今見ても楽しい気がしたんだ」

そう言いながら、冬馬さんは自然と私の手を取った。

「……え？　あれ、あの……」

「ん？」

私の手を引きながら冬馬さんは、水族館とは逆の方向に向かって歩き出した。

「水族館、行かないんですか？」

「行くよ。でも、楽しみはあとに取っとこう。それに今日は一日一緒にいられるんだし」

ゆっくりしよう、と笑って、私の手を握りなおす。……セフレなのに恋人繋ぎとは、これいかに。首を傾げながらも内心舞い上がってしまいそうな私がいる。

水族館周辺は、一帯が大きな商業エリアになっていた。露店やショップが立ち並ぶ界隈は人で賑やかだ。今日は日曜日。家族連れやカップルで溢れかえった光景を目にして、〝こんなに活気づいた場所に出かけるのは久しぶりかも……〟と自分の引きこもり具合を反省する。

冬馬さんは「気になる店があったら言って」と言って、人混みではぐれないようにずっと手を繋いでいてくれた。

私がオーダーメイドの個性的でかわいい靴屋に視線を奪われていると「入ろうか」と一緒に店に入って、これが似合いそうだとか、これはちょっと派手すぎるなとか、楽しそうに付き合ってくれる。

無理して合わせてくれてるんじゃないかな……と私が心配になってきた頃に、「俺も寄りたいところあるんだけどいい？」と言い出した。ダメなわけがないので付いていくと、そこはアンティーク雑貨店だった。

冬馬さんいわく、店主がかつて凄腕のバイヤーだったそうで、そのコレクションの中には今では値段のつけようがない逸品が多くあるんだとか。

店内でしゃがみこみ、「これはすごい……！」と興奮して顔を赤らめる冬馬さんを見て〝かわいいなぁ〟と思った。この人、仕事だからアンティークに詳しいわけじゃなくて、本当にこれが好きなんだなぁと初めて知った。

その後はソフトクリームやたい焼きを食べ歩いたり、疲れたら適当にカフェに入ってお茶をしたり。冬馬さんの新人時代のポカ話や、デザイン部の柏木さんの武勇伝を聞いたりした。

（……なんか、これって普通にデートだな？）

そう思って逆に緊張しているうちに、時間はあっという間に流れて、すっかり日も暮れてしまった。

「そろそろ行こうか」

そして私たちは、今日デートの最初に見た水族館の前へと戻る。

「…………わぁーっ」

建物の前で思わず声が出た。

「すごいよなぁ。こんな風になるって、高校生のときは俺も知らなかった」

昼間明るいうちに見た建物は、日が暮れてライトアップされたことで様変わりしていた。青と白の電球で形作られた海の生き物たちが、宵闇の中に浮かび上がっている。ぽやっと溶け出した光が幻想的で、それは高校生のときに見た景色とはまったく違っていた。まるで初めてここにやってきたみたいな。

「す、すごい……」

「うん」

「すごいです、冬馬さん！　写真……！」

「ははっ。うん、撮っていこう」

誰にも言う機会がなかったけれど、私はイルミネーションに目がなかった。

一緒に見に行く相手もいなかったし、人混みもあまり得意なほうではないから、そんなに目にする機会はないけれど。今日のために購入した雑誌の中で見つけたイルミネーション特集は熟読していた。いつか行ってみたいなと思っていた。まさか今日、こんな風に叶うとは。

煌びやかな光に心を奪われて、夢中でスマートフォンのシャッターを切った。あぁでもこんなの、絶対に肉眼で見た感動は残せない。今見えてるものを目に焼き付けたほうがいいんじゃゃ……と思い始めたとき、カシャッと隣でシャッターを切る音がした。〝冬馬さんも写真……？〟と思って隣を見ると、こちらに向けてスマートフォンを向けている彼がいる。

「……もしかして私のこと撮りました⁉」

「ごめん。なんかかわいくて、つい」

「けっ……消してください！」

「やだよ」

彼のスマートフォンを奪おうとする私を簡単にあしらって、冬馬さんはまた私と手を繋ぐ。水族館に向かって歩き出す。

「……くっ。ほんとかわいかったな今の、口半開きにして……」

「ほんとに消してくれないんですか……」

「絶対に嫌。オカズにする」

「変態……！」

「そんなこと言って、嬉しいくせに」

「っ！」

なんですその変な自信は……！

あまりの意地悪さに私が戦慄しているうちに、冬馬さんはいつの間に買ったのか、入場券を二枚取り出してゲートをくぐる。

足を踏み入れた館内は薄暗く、そこもやっぱり記憶にある水族館とは違っていた。ライトダウンされてゆったりとした音楽の流れるメインフロアは、カップルや大人の姿が多く目立つ。場の雰囲気に合わせてみんな声のトーンを落としているのか、海洋生物が静かに息づく水底のような空間を作り出していた。

少し歩みを進めると、視界が一気に青くなる。

「……うわぁ……」

私はまた声をあげてしまった。

現れたのは高く天井まで続く大水槽。青い光で満たされているそこには、悠々と大きな魚が泳ぎ、小さな魚は群れを成してくるくると踊っている。

水槽を眺める人たちは逆光になり、黒い影を作っていた。それさえも幻想的に見えた。青と黒のコントラスト。見惚れたまま、一歩一歩水槽に近づいていく。

「綺麗……」

紛れもなく、生まれて初めて目にする光景だった。ゆらゆらと揺れる青い光。昼よりもひっそりとして見える夜の生き物たち。自然と呼吸もゆっくりになる。いつまでも眺めていられそうだと思う光景。

ねぇ、すごいです。

そう言って、隣で同じ光景を見ている冬馬さんと、この感じを共有したいと思って――隣を見たら。

「……え？　……あ」

目を閉じる暇もないキスだった。ゆっくりと近づいてきた唇は、スマートに私の唇を奪ってすぐに離れていってしまった。

青く柔らかい光に照らされて冬馬さんが微笑む。それだけで、彼はそのまま大水槽に向き直ってしまった。

なんなんですか。今のキスは。

ドギマギして、隣の冬馬さんを思い切り意識しながら、私は。この光景を思い出すたびに冬馬さんのキスも思い出すんだろうなと、ひどく悔しい気持ちになった。

夜の水族館を堪能したあと、私たちは行きと同じく冬馬さんの運転する車に乗り込んだ。今日はたくさん食べ歩きをしたから夕食は軽く済ませ、〝ああこれからホテルか……〟なんてぼんやりと思っていた。

しかし私の予想に反して、車は寄り道することなく私の家の前に行き着いた。

（……え、私の家⁉　ダメですいろいろと準備できてない！）

慌てて「場所を変えましょう！」と提案しようと思ったら、運転席の冬馬さんは言った。

「それじゃあ。また明日、会社で」

「……え？」

「え？」

「……しないんですか？」

「何を？」

「や……何をって」

まさかの切り返しにまごつく私に、彼は「や、ごめん嘘。意味わかるよ」と笑う。

「たまにはこういうのもよくない？」

「……」

「……それとも、エッチしたかった？」

……そんなこと言えるわけがない。

「おやすみ」

運転席から手を伸ばしてきた冬馬さんから、手の甲に軽いキスを落とされた。

この夜はこれでお開き。

「……おやすみなさい」

返事をしながら私はもう、セフレがなんなのかよくわからなかった。

一人自分の部屋に戻った私は、化粧も落とさずベッドにダイブして自分の顔を両手で覆った。反芻していたのだ。大水槽の前でのキスと、そのあとの青い光に照らされて笑った冬馬さんの顔を。

（……一体なんだったんですかアレは！）

脚をバタつかせてしまうような気持ちも初めてだった。だけどきっとこんな気持ちは、セフレにはそぐわない。

翌日、月曜日。出社すれば冬馬さんは、昨日私とデートしていたことが嘘みたいに〝課長〟の顔で働いていた。

「舟木」

ちょっと来て、と課長席から声をかけられ心臓が跳ね上がる。平常心平常心……。不自然じゃないようにサッと立ち上がって歩いていく。デスクに着くと、新たな書類を渡されて仕事の説明が始まった。

当たり前だけど冬馬さんは私のことを名字で呼ぶし、もちろん昨日のことなんか話題に出さない。意味ありげな視線を送ってくることもない。そりゃそうだ。そうでなくちゃ、このセフレ関係は一瞬で社内にバレてしまう。

だから私もうまくやる。

「──わかりました。明日までで大丈夫ですか?」

「うん、充分。今週中でもいいくらい。隙間時間でやってくれると嬉しい」

「承知しました」

最低限のやり取りで彼のデスクを離れようとした。

だけど次の瞬間、呼び止められる。

「舟木」

「……なんでしょう」

ここで初めてまともに視線が絡む。

少し落とされた声のトーンに、〝何を言われるんだろう〟と体が構える。

「休日はリフレッシュできたか」

「……え？　ああ、えぇ……はい」

「そうか、それは良かった。あんまり根を詰めすぎないように」

そういうこと言うなら、もうちょっと意味ありげに言ってほしいものですよ。なんて演技力なんだろう。「課長も」と返すのが精一杯で、私は自分のデスクに戻った。

じれったくムズ痒い感覚に悩まされている。

それからも彼は会社では上司の顔を守り、たまに私を食事に誘っては「美薗さん」とナチュラルに名前で呼んだ。

自分が遅くまで残業した夜には〝明日朝七時に起こしてくれると嬉しい……〟なんてメッセージを送ってくる。無視して遅刻されても後味が悪いので、私も電話をかけてしまう。低血圧だという彼の寝ぼけた声に耳を傾けていたら、「はぁ、抱きたい……」なんてつぶやくから、通話を切って。

そんなやり取りをしていても、冬馬さんからホテルに誘われることはなかった。私たちはセフレなはずなのに。出会った夜と歓迎会の夜、まだその二回しか抱き合っていないというんだから……これはセフレと呼べるんだろうか？　でも、自分から「したいです」なんて誘ったら欲求不満なのかと思われそうだ。……欲求不満なのか、私。

自分が生粋のビッチだったなら、上手に誘うこともできたのかなぁ、なんて。

そんなことを考えていたら。

「やだもうっ、土屋課長かわいい～♡　猫舌なんですねっ」

オフィスに甘ったるい声が響く。私は絶対にその声のほうを見ない。見てたまるものか。振り向いたら負け！　……そう強く念じ、鬼のように速くキーボードを叩く。普段の倍の速さで仕事を片付けている。

それでもこの耳は、勝手に会話を拾ってしまう。

「ああ、うん……そうだね。熱いのは苦手かも」

「じゃあ、明日からは少し冷ましてから持ってきます！」

「いや、いいよ。ちょっと置いてから飲むし」

本物のビッチが現れたのだ。

えー、とかわいく頬を膨らませているのは、三日前にこのオーダーメイド三課にやってきた派遣社員の藍野《あいの》ひかるさん。

二十五歳、彼氏ナシ——というのは、やってきた日の自己紹介で彼女自身がアピールしていた情報。小柄な割に肉付きがよく、女性らしい丸みを帯びたボディーライン。何より、巨乳。私はつい自分のソレと見比べてしまう。そんなに小さいほうでもないのに、勝てる気がしない……。

明るいブラウンの髪の毛先はくるくるふわふわしていて、重ための前髪はたれ目な童顔を際立たせている。でもそれだけならただのかわいい女の子だ。

彼女を見たとき〝本物のビッチきたーー‼〟と脅威に思ったのは、そのファッションとあざとかわいい振る舞い。

（……あぁっ！）

絶対に目を向けまいと思っていたのに、いつの間にか顔が冬馬さんのデスクのほうを向いてしまっていた。見てしまった。

藍野さんは「ネクタイ曲がってますよぉ～」なんて言って、座っている彼のネクタイをなおしている。屈んで胸を強調している。ネクタイをなおし終わっても彼の胸に手を置いて、さり気なくでも確実に触れている。本物のビッチ強い……！

本当にアレになろうとしているのか私は。無理だ。無理無理。

一気に弱気になった。

「藍野さん、絶対に土屋課長のこと狙ってるよねー」

「ねぇ、露骨すぎてちょっとヒいちゃうわ。服装も露出が多すぎて下品だし、誰か注意したほうがいいんじゃないかなー」

そんな会話をしていた同僚女子たちから、ちらっと視線を向けられる。お昼休憩が終わる直前の化粧室で、〝あぁ藍野さん、噂されているわ……〟と他人事のように思いながら手を洗っていたら、何やらサインを送られた。〝舟木さん注意しといてよ〟みたいな。いやいや、私だって真面目はもうやめたのだ。私が注意する理由はない。

露出が多すぎる、というのはその通りだと思う。オフショルダーのざっくりしたニットワンピースは、脚も肩も露出していてオフィスにはそぐわない。誰か注意してもよさそうなものだけど、男性は容認しているのか、下手に指摘してセクハラと言われるのも怖いのだろう。女性も、若い子をいびっているように見られるのは嫌らしい。だからって人に押し付けないでほしい……。

藍野さんが冬馬さんを狙っている、というのも、その通りなんだと思う。私が化粧室から戻っても、彼女は彼のデスク周りの拭き掃除をするフリでべったりだった。

「綺麗にしてるんですねー。土屋さん、もしかして潔癖症？」

「普通だよ。仕事の書類は綺麗にしておきたいだけで、自分の部屋は結構汚い」

「えーうそ、意外♡　土屋さんのお部屋見てみたいなぁ〜。私、こう見えて尽くすタイプなんですよ！　掃除してあげたーい」

「へぇ、そうなんだ。それは助かるな」

……ふーん。へー。ほー。部屋は結構汚いんだ。それは知らなかった。

そんなプライベートも簡単にしゃべっちゃうんだなぁと、なぜか冷めた気持ちになって彼らのそばを横切る。自分のデスクに着いたらまた鬼のようにキーボードを叩いて、仕事を片付け始めた。

途中、隣の席の同僚に「舟木さん何か怒ってる……？」とビクビクしながら訊かれたので、「いいえ、別に」と返事してからは、少しだけキーボードを叩く力をゆるめた。

怒るようなことは何もない。せっかく本物のビッチを近くで見られるのだから、私は彼女を研究して自分の振る舞いに活かすべきで、そして冬馬さんへのアプローチ方法を見習うべきである。

……だから。

怒るようなことは、ほんとに何もないんです。

第6章　本物のビッチ現る

——これはちょっと厄介なことになったかもしれない。

すぐそばを通っていった美薗さんの横顔がツンと澄ましていたから、やましいことなんて何もないのに、俺はちょっと罪悪感を覚えた。

派遣でやってきた藍野さんは見かけによらず強《したた》かで。隙を見ては人の懐に入り込もうとして、こちらが追い払おうとすると空気を読んで一歩引き、拒絶されない距離感を守る。

こういう人は厄介だ。

「ねぇ土屋さん、今晩飲みに連れて行ってくれません？」

「二人で？」

「ほら、大人数だと相談しにくいこともありますし……」

「そっか……でもごめん、今日は忙しいから」

「そうですか！　いつでも大丈夫です、待ってます♡」

こんな場面を見て浮かない顔をする美薗さんはかわいいし、欲を言えば、そんな顔をもう少し眺めていたいとは思うけど。

でもこんなことで、せっかくこの間のデートで縮めた距離を台無しにしたくなかった。まだきちんと付き合えていないし、美薗さんは不安に思うかもしれない。

だから誤解がないようきちんと説明しようと思って、彼女を会議室に呼び出した。

そしたら、だ。


「何を言っているんですか？」

美薗さんはいつになく険しい顔で、会議室の椅子に姿勢よく座っていた。姿勢がよすぎるせいで、同じ高さの椅子に座っているはずなのになんだか見下されているような気分になる。

「何、って」

彼女に今週一杯で依頼していた書類は完璧に仕上がっていて、それを会議机に広げながら何気なく言ってみたのだ。会議室に二人だけだしまあいいかと思って。「藍野さんのことは、心配ないから」と。

「心配なんてしてません」

「……あ、そう」

まあそう言うだろうと思ったけどさ。

予想通りすぎるかわいくない返事に……いや、もう、一周回ってかわいいんだけど。その返事に、「それはごめんね」と返しながら、書類をひとまとめにしてトントンと端を揃える。

美薗さんの尖った声はまだ続いた。

「会社でする話ではありませんね」

「それもそうか」

「それに……別に付き合っているわけじゃないんだから、そんなの自由です」

……ふーん。へー。ほー。そうですか。

そんな言葉も予想通りだったはずなのに、このときばかりはなぜかムッとしてしまった。〝付き合ってないから好きにしたらいい〟なんて。まさかそんなこと、本気で思っているわけじゃないと、わかっていたけれど。

「それもそうだね。好きにするよ」

彼女は「お好きなように」と言った。

「藍野さん」

「はい」

「やっぱり今日飲みにいこうか」

「えっ♡」

絶対にこちらの会話を聞いている美薗さんは、澄ました顔でパソコンに向かっている。あてつけみたいにこんなことして、格好悪い……と自己嫌悪に陥りもするが、あんなに頑なだと意地悪もしたくなる。

駆け引きなんて面倒くさいと思っていたはずなのに。こちらを思いっきり意識しながらも平気な顔をする美薗さんの、もっといろんな顔が見たいと思ってしまった。

夜になって、藍野さんと一緒に会社を出る。美薗さんはやっぱりツンとして〝興味ありません〟って顔でいた。次に二人で会うときには、ぐちゃぐちゃな泣き顔になるまで抱き潰そうとこっそり心に決める。

藍野さんと入ったのは色気もへったくれもない大衆居酒屋で、やっぱりと言うべきか、不満そうな顔をされた。

「もっと落ち着いて話せるムードの場所にしません？」

「これくらいざっくばらんな雰囲気のほうが気兼ねなく話せるでしょ。相談って？」

訊けば、「私、三課の皆さんに嫌われてるみたいなんですよね……」と同情を引くようなトーンの声が返ってきた。とりあえず、「服装はもっと気を付けたほうがいいんじゃない？」とアドバイスしておいた。「でもかわいいでしょ？」と言ってきたので、「仕事する気がある格好のほうがかわいく見えるよ」と刺しておく。

そんなやり取りで、猫を被るのがバカらしくなってきたのか、藍野さんは最初に飲んでいたカシスオレンジやカルーアミルクをやめて日本酒を注文し始めた。

店を出る頃にはすっかり出来上がっていて、結局彼女を家まで送るハメになった。こういうところも厄介だ。家はもうすぐそこだという。肩を貸して歩いていると、彼女は今夜を総括して俺にこう言った。

「意外と意地悪ですよね、土屋さんって！」

意地悪っていうか幼稚なんだよ、と心の中で独《ひと》り言《ご》ちる。考えていたのは美薗さんのことだった。今日一日、なんでもない素振りで姿勢よく座っていた彼女。

今頃一人で泣いてんのかな……。そう思うと、昼間に感じていた罪悪感がまたむくむくと膨れ上がってきてしまう。藍野さんのアパートにたどり着いたタイミングで〝帰り道で美薗さんに電話しよう〟と、そう思った。

「じゃあ、藍野さん。ちゃんとお茶飲んでお酒抜いて、また明日。ちゃんと会社に来てくださいね」

「……まさかここまで来て、このまま帰るつもりじゃないでしょう？」

「は？」

気づけば玄関の中に引きずり込まれ、ドアに押し付けられていた。

「……藍野さん？」

――これはまた、厄介な。

顔を赤らめた藍野さんは下のほうから擦り寄るように全身を密着させてくる。男の体が反応するよう、計算しつくされた動きで。

「帰っちゃやですよ、土屋課長」

「何言ってるんだ。帰るよ」

胸元が大きく開いたワンピースからは胸がこぼれ出そうになっていた。それを目一杯に強調して、性欲に訴えかけてくるけれど。

密着してくる体をそっと押し離すと、藍野さんは不服そうに上目遣いで見つめてくる。

「据え膳食わぬは男のなんとやらですよ」

「そうは言っても俺にも好みがある」

「ひどすぎる……！」

ショックを受けた彼女の顔はひどいもので、その顔だけはまあ、かわいくないこともなかった。でも違うんだよなぁ。

自分が何に一番心惹かれるのかは、いつの間にかだいぶ明白になっていて。

「俺のこと落としたかったらさ」

「……どうすればいいんですか？」

「もっと恥じらってるのを隠すみたいな、かわいい顔してくれないと。……でもたぶんそれ、きみにはできないと思うんだ」

美園さんじゃなければ。

名前こそ出さなかったけれど、頭に浮かんでいたのはずっと彼女のことだった。今日はやせ我慢をしていたあの顔が――嬉しいのを隠すときの顔も、精一杯悪女ぶる純情な顔も。すぐそこにあるみたいにはっきりと思い出せる。

それは俺がもうすっかり彼女に落ちてしまっているからなんだろう。

玄関のドアに背をつけたまま、柔らかい体から完全に距離をとり、にっこりと笑って見せた。少しの期待も残さぬようにして。

「あんまり不安にさせるようなことしたくないから、もう誘わないでね」

俺は少し反省していた。つまらない意地を張って、わざと美薗さんを不安にさせるようなことをしてしまった。電話して、ちゃんと安心させよう。

そう心に決めていると、藍野さんはきょとんとした顔で訊いてきた。

「彼女いるんですか?」

肯定も否定もせずに笑い返す。こんなの認めているようなものだけど。

「はぁ……土屋課長、つまんない」

「期待に添えなくて申し訳ない」

「そう言うならもっと申し訳なさそうな顔してください! ニコニコしながら言われるとイラッとします」

「ははっ」

藍野さんはすっかり興ざめしたようで、それ以上はもう迫ってこなかった。酔っているのは本当らしく、腕を組んでだるそうに壁にもたれながら彼女は言う。

「社内恋愛？」

「どうだろうね」

「……早く帰りたそうですね？」

「うん、ちょっと急いでる。じゃあ。ちゃんと布団掛けて寝ろよ」

早く電話をかけたかった。

背後にあるドアの取っ手に手をかけながら、さてどう言って美薗さんを慰めようか……なんて考えていたら。

「……あっ……」

「え？」

驚いた。

ドアを開けたら玄関先に、ずっと思い浮かべていた顔があった。

「……美薗さん？」

「……ええと、あの……ううん……」

彼女は明らかに動揺して、自分の髪や顔を触ったりきょろきょろと目を泳がせたりした。動きがあたふたと忙しない。……ずっと後をつけてきたんだろうか。さっきの居酒屋から？　まったく気がつかなかった。意外と隠密行動が得意なんだな。——なんて、ちょっとずれたことを考えて、にやけそうなのを我慢していたら。

彼女が動き出した。

華奢な手に腕を掴まれ、グイッと強い力で引っ張られる。一瞬、さっきまで見つかって焦っていた美薗さんの顔が、何か決意したようにキリッと鋭くなるのを見た。

俺は玄関の外へと連れ出される。

部屋の中で、取り残された藍野さんが呆けている。

「……なん、で……舟木さんがここに?」

美薗さんは目を丸くしている藍野さんと俺の間に割って入って、藍野さんから俺を隠した。隠された俺に見えたのは彼女の背中だけだった。小さな背中が、何かと闘うように凛々しく伸びている。

「ちょっかいかけないでほしいんです」

夜の空気に凛とした声が広がった。

藍野さんは怪訝そうに眉をひそめて問い返す。

「……どうして舟木さんがそんなこと言うんですか?」

「彼は、私の男だから」

——どんな顔をして、今それを言っているのか。

藍野さんがそこにいることなど構わず、細い腕を引っ張ってこっちを向かせたかった。

〝私の男〟なんて、どんな顔で。一気に上昇した体温に、〝ああ自分は嬉しいのか〟と自覚する。

「……ああ、そうなんだ。舟木さんだったんですね」

藍野さんが苦々しそうにちらっとこっちを見る。俺は締まりなく笑ってしまった。それを見て藍野さんは更にイラッとした顔をして見せた。

「ほんとつまんない」

すっかり白けた藍野さんにぺこっとお辞儀をすると、美薗さんは俺の腕を掴んだままズンズンと歩き始める。彼女に腕を引かれて、俺は格好悪く引きずられていく。

「美薗さん」

名前を呼んでも答えない。振り返らない。ただ俺の腕をしっかりと掴んで、黙々と足を動かした。強引に引き留めてもよかったけれど、後ろから見える彼女の耳が真っ赤になっていたので。

それでなんだかもう、かなわない気持ちになる。

このまま一体どこに連れていかれるのかと思ったら、彼女はすぐにタクシーを拾い……たどり着いたのは三階建てのマンション。デートのときに迎えに来たから覚えている。

彼女は慣れた手つきでエントランスのオートロックを暗証番号で解錠し、廊下を進んで角部屋の前で足を止める。そこでやっと俺の腕を放して、バッグの中から鍵を取り出した。ドアが開かれる。中は当然だが真っ暗で、外灯で照らされた玄関は物も少なく、整頓されている。

「狭いですが、どうぞ」

彼女はうつむいたまま、そこで久しぶりに口を開いた。「お邪魔します」と断って革靴を脱ぎ、フローリングへ着地する。決して広くはない玄関で美薗さんもパンプスを脱ぐと、先導して廊下を進み、リビングの明かりを灯した。

白を基調としたワンルーム。クリーム色のカーテンにアイボリーのベッド。美薗さんの部屋だな、と思った。綺麗に片付いていて、だけど素っ気ないわけではない。

よく見ると所々に置かれている小さな動物の置物や、控えめな植物。本当は結構かわいいものが好きな、美薗さんらしい部屋。

「コーヒーでいいですか？」

そう言って、自分のバッグや上着をベッドの下に置くと、何事もなかったかのようにキッチンに立つ彼女。

俺は部屋の真ん中で、座ろうかどうしようか迷った。そして結局、鞄とジャケットを同じように床に置くと、キッチンに立つ彼女の後ろに立った。

後ろからお腹の前に腕をまわす。

「……お湯沸かしてるので、危ないです」

不満そうな声が返ってくる。けれど放す気はなかった。さっき真っ赤になっていた耳に唇を寄せると、ピクッと体が震える。

「セフレは家にあげないんじゃなかったっけ？」

「……」

「〝だから週末はラブホで過ごすのが普通になっちゃって〟って言ってなかった？」

ゆっくりと顔だけ振り返った彼女の表情は、目を伏せていてとてもバツが悪そう。

どう言い訳するんだろう……と思っていたら。

「……〝初めて会う人を家にはあげない〟って、あのときは言ったような気がします。私たち、もう知らない仲ではないと思いますけど」

「……それはそうだね」

てっきり、突っぱねるような言い訳をされるかと思った。その答えは案外かわいかったので、振り向いた顔にキスをした。チュッと水っぽい音をたてて。唇を触れ合わせるだけで離すと、伏し目がちなまま彼女が言う。

「だから、お湯が……危ないです」

「うん」

気になるようだから片手を伸ばしてコンロの火を止める。それから唇をぺろっと舐めると「ん……」と艶めかしい声を出すから、もっとしたくなった。

きっちりスカートの中にしまわれたシャツの裾を出させて、下からひとつひとつボタンをはずしていく。途中で横腹に手を這わせたり、首筋にキスしたりしながら。

「ちょっ……と、冬馬さん、コーヒー……」

「〝私の男〟って、何？」

振り向く顔がやっぱり気まずそうで、段々頬に赤みが増してくる。そんな反応をされるといじめたい欲がふつふつと湧いてきて、シャツの中をまさぐる手も言葉も止められなかった。

「俺、美薗さんの男だっけ」

「んッ……あれは」

「〝付き合ってるわけじゃないんだから自由〟なんでしょ？」

キッ、と恨めしそうに顔を歪める。感じているのをごまかしている。唇を嚙んで、頰を赤くして。――早く抱き潰したい。ゆるく勃ちあがりだした自身に気を取られ、もうキッチンでこのまま抱いてしまおうかと思った。

彼女のシャツの中に片手を突っ込んだまま、もう片方の手を自分のベルトにかける。

同時に、美薗さんはくぐもった声で言った。

「……自由ですよ。付き合ってないですもん」

……まだそんなこと言うんだ。

呆れているのをぎりぎり表に出さないようにしながら、胸に触れる。「あっ」と声が一段高くなる。

「……じゃあなんであんな、藍野さんとの間に割り込んで〝私の男〟なんて言ったの」

「それは……」

顔を上げた彼女の瞳は潤んで揺れていた。

一瞬明らかに迷った唇は、苦し紛れにこう言ったのだ。

「……たまには恋人設定っていうのも、燃えませんか？」

俺は一瞬固まってしまった。

（……恋人設定？）

少しだけ考えた後で自分のベルトから手を離し、「それは、たしかに燃えるね」と言って、俺はキッチンで彼女を抱こうとしていたのをやめた。

「……え？　冬馬さん？」

困惑する彼女の細い手首を摑んでベッドへと連れていく。彼女を座らせて、俺は自分の腕時計をはずし、そばにあったローテーブルの上に置いた。

美薗さんの細い肩を摑んでゆっくりベッドの上に押し倒す。押し倒された彼女は、まだ目をパチパチさせていた。

「……冬馬さん、あの」

「恋人設定ね。今日はそれで」

キッチンで立ったまま挿入しようとしていたのが、気が変わった。

美薗さんに提案された恋人プレイは名案だと思った。そしてそれをやるなら、ベッドでゆっくり、じっくり愛《め》でるべきだろう、と。

これからセックスするらしいと察した美薗さんはベッドの上で所在なさげに、無意識に自分の身を守るようにして両手を胸の前に持ってきていた。それをゆっくり押し開いて、彼女の左右に、ベッドに縫いとめるようにして両手首を押さえつける。

片方の手首から手をはずし、さらりと彼女の前髪を撫でた。露わになった額にキスを落とす。まだ緊張している彼女の唇は固く結ばれたまま。

「美薗さんちょっと、ベッド半分開けて」

俺が上から下りると、探るような目でちらっと見てきて、言われた通りに隣にスペースを作ってくれた。

「ありがとう」

お礼を言って自分もそこに寝転がる。もぞもぞと位置を調整しながら寝心地のいい体勢を探し、再び至近距離に顔がきた。

まだ探るような目をして、こっちの意図を測りかねている美薗さんに笑いかける。それから彼女の後頭部に手をまわし、優しく髪を梳いた。

「……なんですかこれは？」

「ん？」

〝よくわからない〟と不満をこぼすけれど、俺が髪を撫でると心地よさそうに目を細めた。一緒に寝そべるベッドからは美薗さんの匂いがして、これはなかなか幸せだなと思いながら……。

「ちょっと頭あげて」

「んん……？」

困惑しつつも、従順な彼女は言われた通りに頭を少し持ち上げ、俺はそこに腕を差し込んで腕枕をする。彼女はまた同じ質問をしてきた。

「……なんですかこれは？」

「腕枕だね」

「いや、それはわかりますけど」

恥ずかしいのを隠すようにしてまだムッとした表情。

それをうまくほぐす言い訳に、〝恋人設定〟は都合がいい。

自分の腕の上におとなしく頭を預けている彼女の、きつく結ばれた唇に口づける。不服そうなことを言っても決して拒まない。柔く唇を食むと薄く目を開けて、キスをしたまま目が合った。近すぎて視点がぼやけていたけれど。

そのままキスを続けて後ろ髪を梳いていると、そろりと彼女の腕が遠慮がちに俺の背中にまわされる。

少しずつ絡まっていく。

「……美蘭」

「っ！」

離した唇でぽそりとそう囁くと、彼女の体が跳ね上がるようにビクッとした。何か文句を言いたそうに、だけど言葉が出てこないようで、ただただ驚いた顔を向けてきた。

初めて呼び捨てにした彼女の名前にくすぐったい気持ちになる。

「美蘭」

呼べば呼ぶほど自分のものになっていくような気がした。

「なん……なんで呼び捨て……⁉」

「今日は恋人だから。俺のことも呼び捨てにしてみてよ」

「や……やですよ！　なんでっ……」

「きみが自分で言ったんだろ。たまには恋人設定も燃えるって。……そのほうがセックスも盛り上がるから、言って？」

ああ……と腑に落ちたらしい彼女は、少し複雑そうな顔をしていた。〝恋人〟という言葉の響きに少し舞い上がって、俺の言葉で〝ああセフレの延長か〟と落胆した気持ち。手に取るようにわかる。

……ほんとにかわいい人だな。

「美薗」

早く呼んで、と急かしながら舌先で唇の隙間をつつく。俺に腕枕されている彼女は逃げることもできずに、困ったように眉を寄せて口を閉ざしていた。

あともう少し。そんな手応えを感じたから、正面から彼女の視線を捉えて言う。さっきからずっと持て余している劣情を、お腹にグリグリと押し付けて。

「……早くエッチしたいんだけど」

――彼女は一瞬だけ躊躇して。

「……冬馬」

（よくできました）

心の中で褒めて、少し開いた唇の間に舌を差し込んだ。

〝私の男〟と言ってくれたことが、思った以上に嬉しかった。

「ン……はッ、あぁっ……冬馬さ……くすぐっ、たっ……」

「は……ダメだよ、呼び方戻しちゃ。……美薗。もっと口開けて」

美薗さんのベッドの上で絡まり合っていた。一人暮らしの部屋にあるベッドがそんなに大きいわけもなくて、二人が寝転がるという時点で既にキツキツだったから自然と身を寄せ合う形になる。仰向けに寝る彼女に、俺は体を少し起こして横からキスをしていた。

くちゅくちゅと口の中を舌で愛撫して、彼女の下肢に手を伸ばす。スカートのサイドのホックをはずすとジッパーを下ろし、ストッキングの穿き口の下をくぐってショーツの中に手を入れた。

「ひ、やぁっ……」

腕枕の上で恥ずかしそうに身をよじる。茂みを掻き分けて触れるとそこはもうしとどに濡れていて、割れ目に指を伸ばすと刺激に反応して腰が揺れていた。緊張しきった体をゆっくりとゆるませていく。

「……冬、馬」

「……うん」

呼ばせておいてなんだが、彼女に呼び捨てにされると恥ずかしかった。そしてその恥ずかしさを上回るほど嬉しい。初めて抱き合った次の朝、美薗さんに〝冬馬さん〟と呼ばれたときも、ものすごく嬉しかったけど。

彼女は〝セフレとはきっとこんなものだ〟と勝手に線を引いて距離を取ろうとする。「デートなんてしない」と言ったり、「付き合ってるわけじゃないんだから何をしようが自由だ」と言ったり。

そんな意地を、かわいくも思うし、憎らしくも思う。だから名前を呼び捨てにされると、その距離が取り払われたみたいで嬉しくなってしまうのだ。

呼ばされ続けて慣れてきたのか、それともキスで頭の中が溶けてきたのか。次第に彼女は抵抗なく俺の名を呼びはじめた。

「冬馬……」

「うん」

「冬馬」

「……うん。……指入れるね」

「っ！」

ずっと割れ目を往復させていた中指をナカに沈める。押し戻すようにうねるそこを、傷つけないように慎重に押し進めて内側をくすぐった。

「は、あ！　っ、んんっ……」

一度指を飲み込むと、今度はキュウキュウと締め付けてきた。キスをしていた目の前の顔は途端に蕩けてもどかしそうになり、見ているこっちまで昂ってくる。

「んッ、んんっ……！」

「はっ……美薗っ……！」

――たまらず首筋に食らいついていた。

「ん、あっ！　やっ……」

「美薗っ……美薗、かわいいっ……」

首筋から耳の裏を舐めあげて、そのまま唇に戻って濃厚なキスをした。

途中、眼鏡が邪魔になるとナカから指を引き抜いて、雑にベッドサイドへ放ってまた彼女の体を貪る。

（……いやいやいや。恋人らしいってもっと、こうじゃなくて……）

頭でいろいろ考えては、興奮を抑えるように、自分の欲望にブレーキをかけるようにキスを穏やかなものに戻していく。

「ん……ふ……」

「……はぁっ。ごめん……ガっつきすぎた」

唇の表面同士を触れ合わせたまま詫びて、そのあとは優しく唇をついばむ。そうすると彼女はまた目をとろんとさせて、ゆっくり目を閉じて手を俺の背中にまわしてきた。

その腕に受け入れられるように、彼女の上に覆いかぶさる。

「んっ……ぁん……ん、んんっ」

ひたすらキスが続く。ちゅっと触れ合わせるとすぐに離して、もどかしく開いた口が目につくと唇を舐めた。舌先を触れ合わせ、だけどそれだけで何も奪わない。

しばらくすると美薗さんは目を開いた。

下唇をつけて至近距離で見つめ合う。彼女の目が何か言いたそうにしていたので、なんだろうと思ってキスを止める。

彼女は言った。

「……恋人らしいことしてもいいんですよね？」

「え？　ああ、うん……」

「あくまで、気持ちを盛り上げるプレイ……ということで」

美薗さんはそう前置きして、俺の背中にまわしていた腕をはずすと、〝すり……〟と頬を両手で包んできた。

何をする気なんだろう……。そう思っていた俺に、首を伸ばしてちゅっと一瞬だけのキスをする。彼女から。

「……え？」

「冬馬さん……」

彼女からのキスは嬉しかった。でも、呼び方戻ってますよ……。〝せめて今晩中くらいは呼び捨てルールを守って〟と、そうお願いしようとしたらまた彼女が先手を打った。

「好き」

その一言に何も言えなくなってしまう。

「好き、冬馬さん……好き」

言いながら、ちゅっ、ちゅっと何度もついばむようなキスをしてきた。彼女の両手で包まれている頬が熱くなっていく気がした。――なんだこれ。

ガッついちゃダメだと思っていたのに、気づけば頬から彼女の手をはずし、ベッドに押し付けるようにして唇を味わっていた。

「……俺も」

「ふ、んん……」

「ん……俺も、好き」

「はんっ……」

気持ちを盛り上げるためのプレイの一環だと彼女は言っていた。だから「好き」だと伝え合ったって茶番でしかないし、深い意味はないのに。――本当にそうだろうか？

自分に向けられている確かな好意に気づかないほど、俺は若くも鈍感でもなかったので。

「好きですよ、美薗さん」

たっぷり囁くと、彼女はすぐにうなじまで真っ赤になった。

泣き出しそうな顔で笑う。

「……恋人っぽいですね」

「なんかちょっと気恥ずかしい感じがね……。……脱がしてもいい？」

美薗さんは小さく頷いた。

途中までしかはずせていなかった彼女のシャツの前ボタンをすべてはずし、片手で背中を支えながら片方ずつ腕を抜かせていく。バンザイさせてキャミソールを脱がせると上半身はブラ一枚になって、背中のホックをはずそうとしたら「私も」とその手を制された。

「……〝私も〟？」

「たまには私が」

「脱がしてくれるの？」

「たまには、です」

「……恋人だから？」

「しつこいですよ」

ムッとした表情をまた作って、美薗さんは俺のシャツのボタンをはずし始めた。細く華奢な指が少し震えながら、首元から胸へ、胸から腹へとシャツを下っていく。

「左手抜いてください」

「ん」

背中に差し込まれた手に、素肌を触られる感触が気持ちいい。俺は言われた通りに腕を抜いて彼女にキスをした。本当に恋人みたいだ。

お互いほとんど裸に近い状態になって、体を密着させるとどちらからともなく擦り寄った。なめらかな肌の感触も気持ちいい。

ずっとこうしてひっついていたいと思うと同時に、早く繋がりたいなと欲も膨れ上がってきて、なんだかどうしようもない気持ちになった。

「……緊張しない？」

「……してるんですか？」

「いや、お互いに」

「……まあ。なかなかに恥ずかしい行為ですし」

「いや、そうなんだけど。……それだけじゃなくて」

体を重ねるのはこれで三回目だ。出会った夜は彼女がとても酔っていたし、歓迎会の夜は妙な嫉妬プレイに興じてしまったから、実はシラフでこんな雰囲気で抱き合うのは初めてで。

なんというか。……うまい言葉が思いつかないけど。

「……ドキドキするな、なんか」

言いながらごまかすようにブラをずり上げ、現れた右側の赤い実を口に含んだ。

「んッ」

甘い声が漏れるのを我慢しようとする彼女を盗み見ながら、舌先でころころとその尖りを可愛がる。ブラをずらしたときにはもう、期待するようにピンと勃っていた彼女の乳首。硬く敏感になっていて、少し歯を立てると「あっ……」と彼女の口から、堪えきれない声が漏れてきた。

美薗さんはまるで見てはいけないものを見るかのように、薄く目を開いてこちらに視線を向ける。その視線に気づいた俺は、わざと見せつけるように舌を突き出して、その上で赤い実を転がした。

「あ、ふ、うぅっ……」

カッとまた頰に赤みが増す。美薗さんの部屋の中、電気を消すこともしなかったから、彼女の反応はいちいち俺によく見えていた。

右の尖りは口で愛しながら、左の尖りは指で猫の喉をくすぐるように擦る。

「冬馬、さっ……」

「……気持ちいい？」

こくこくと頷く美薗さんは手で自分の口を塞いで声を抑えていた。

「……これって結構隣に聞こえるのかな」

「そう……そうなんです、たぶん。よく隣の音も聞こえてくるので……」

そんなこと聞かされたところで今更やめられないけどな。

俺はずるずるとベッドの下のほうまでずり下がって、彼女の脱ぎかけのスカートに手をかけた。

「腰浮かせて」

一瞬顔を強張らせて、だけどやっぱり従順に従う。少し持ち上げられた腰からスカートを抜き取り、そのままストッキングにも手をかけた。伝線させないように慎重に剝ぎ取って、ショーツは片方の脚に残るように。

「……え。あっ！　ちょっ……！　ふぁっ」

太腿を持ち上げて脚の間に顔をうずめると、上のほうから美薗さんの裏返った声がした。

「あっ、やッ……舐めっ……汚いですから！　冬馬さん！　そんなっ……」

そこはさっき手で触れたときよりも更に湿り気を帯びていて、舌を這わせるとまたトロトロと溢れてきた。ジタバタと抵抗する脚をしっかり自分の肩に抱き寄せ、少し上で膨れている陰核をきつく舐《ねぶ》ると体が細かく痙攣する。

「はッ、あ、うぅん……！」

「……ちょっとイった？」

「っはぁ……それは、やめてください……」

息を荒くししながら首を横に振っている。心の底から嫌だという風には見えなかったが、言われた通りにそこから口を離した。

もっと悶えさせたい気持ちもあったけれど、俺のほうも限界だったのだ。

もう一度彼女の上に覆いかぶさる。

少し達したせいで潤んだ瞳を見つめながら、ベッドの下の自分の鞄の中に手を伸ばして避妊具を取り出した。美薗さんと関係を続けることに決めて以降、なんだかんだ常備して

いる。思わぬタイミングで抱きたくなることがあるのを自覚しているらしい……なんて、客観視して思った。

銀の袋を破く。

「……見すぎじゃない？」

「えっ」

「もしかして着けてくれるの」

ぶんぶんと首を横に振られる。もしかしたら見栄を張って「いいですよ」って言うかなとも期待したけど、それはダメらしかった。残念。

自分で装着すると、もう充分に硬さを持っていて準備は整っていた。

「美薗」

名前を呼んで笑いかけると、ベッドに寝転がったまきゅっと苦しそうな顔をする。

さっきまで舐めていた場所にそっと指で触れて、〝ちゅく……〟と掻き回すとこっちも準備ができていた。

「美薗。脚開いて」

「……えっ」

「ほら。恋人に向かって脚開くんだよ。普通のことでしょ？」

「あ……ううっ」

意地悪を言われていると彼女もわかっている。それでも、死にそうな顔で目を伏せ、美蘭さんはゆっくり、途中で閉じそうになりながら、俺に向かって大きく脚を開いた。

吸い寄せられるようにして腰を宛がう。

「挿れるよ」

「んっ……はぁあっ！」

両手で固定していた腰にグッと自分の腰を押し付けて、深くナカまで潜り込む。しっかりと濡れた彼女の膣内は滑りがよくて、一息で根本まで入った。

鼻から抜けるような甘い声を漏らしながら、美蘭さんの体がまた細かく震えている。

「……またちょっとイった？　挿れただけなのに」

「だっ、て……いきなりっ……」

「エッチな体だなぁ」

口からつい辱める言葉が出る。俺がそうすると美蘭さんは恥ずかしそうにして、だけど初心な反応はしちゃいけないからと、キッと強気な顔をつくろうとする。そんなところがたまらない。

キツく締め上げようとうねるナカの感触に、理性が飛びそうになりながら思った。

――恋人プレイだから、今は言ってもいいのか。

彼女の顔の左右に手を突いて、まだ覚えたばかりのイイところを狙って腰をグラインドさせる。「あッ、あぁっ……」と悩ましく喘ぐ美蘭さんの耳に唇を寄せた。

「……好きだ」

「っ」

――きゅん、とナカが締まる。

その場に引き留めようと絡みつく感触に持っていかれそうになりながら、強く引き抜きまた激しく打ち付ける。

「はぁんッ！」

「ほんとはっ……かわいいものが好きなところも、好き」

「あッ」

蕩けた顔で見上げてくる。言葉にされなくてもその顔が「気持ちいい」と言っていて、思わず出しそうになる。

でもせっかくだからこのまま、全部言ってしまいたい。

「実はエッチに大胆なところも、好きっ……」

「ん！　はっ、あっ……もっ……イきそっ……」

腰の動きを速める。

「ほんとに好きだよ……美薗さんの……ン……はっ、手抜きができない、不器用な、真面目なところも」

「やぁっ」

「全部かわいくて、愛おしいっ……」

「冬馬さぁんっ……！」

「ッ」

きゅううっ、と、それまでの比じゃないほど狭くなって、締め付けに耐え切れずに精を吐き出した。イく瞬間の彼女が堪えるように抱き寄せたのか、俺が先に抱きしめたのかはわからないけれど。隙間なく抱き合いながら射精が治まるのを待った。

一回目だからかそれはなかなか治まらず、ようやく止まったと思うともう汗でぐちゃぐちゃで。自分の顎を伝った滴が彼女の目元に落ちる。……気持ちよかった。

心地いい疲労感で、気持ちも昂っていて。

（──今だ。今、全部言ってしまおう）

そう思って、息も絶え絶え。繋がったまま美薗さんに語りかけた。

「はぁっ……今更だけどさ……セフレじゃなくて、本当に……」

本当に付き合おうよ。

打ち明けたものの、返事はない。

「……美薗さん？」

彼女は既に夢の中だった。

（……なんだこれ）

完全に俺の独り言だった。恥ずかしい気持ちに打ち震えながら、彼女のナカから自身を引き抜いてゴムを処理する。

ローテーブルの上にあったティッシュに手を伸ばし、二、三枚取って後処理をした。裸のままにしとくのも……と思ったので、ベッドの下に畳んで置いてあったTシャツを適当に美薗さんに着せる。

起きそうにもなかったから、化粧台に置いてあったメイク落としシートで彼女の化粧を落とした。

うん。

……うん。

第7章　勢いの夜にありがちな失敗

気づいたら。

冬馬さんと藍野さんの仲を、私が邪魔してもいい言い訳を探していた。

「……ん」

朝、いつもの時間にパチっと目を覚ます。……よく寝たなぁ。頭がすっきりしている。

体を起こして〝うーん〟と伸びをすると、そこは見知った自分の部屋だった。

「……あ」

だけどいつもの朝とは決定的に違っていた。最近何度か感じている鈍い腰の痛み。彼を受け入れた翌朝にジンジンと痺れる、決して不快ではない痛みは、私に昨日起きたことをしっかりと思い出させた。

「……あぁー」

パタリとベッドに倒れこむ。さっきまで冬馬さん、ここにいたんだ……。

姿が見えず、家の中にいる気配もない。ベッドの下にあった自分のバッグに手を伸ばし、スマートフォンを取り出すと、メッセージが届いていた。

〝今日出張だから先に出ます〟

ああ、そうなんだ……出張多いな。

それもそのはずで、冬馬さんはオーダーメイド三課に来てから、業務工程の見直しを着実に進めていた。最初に私のつくった素材リストを「ダサい」と言って以降は素材の選定方法を見直し、それが済むと、今度はオーダーメイド品を制作する作業現場まで出向いて打ち合わせをしているようだった。

フットワークの軽さは、さすが海外を飛び回っていただけあるな……という感じ。でもこんな朝くらい、もうちょっとゆっくりしてくれたっていいのに……と思わないでもない。

家にあげるつもりなんてなかったのに。自分の部屋を見回して、畳み掛けの洗濯物や出しっぱなしの雑誌なんかを見つけて思った。

藍野さんと彼の後をつけてしまったのは、帰り道でたまたま二人を見つけてしまったから。酔っているらしい藍野さんに肩を貸してあげる冬馬さんの姿に、モヤッとして。嫌な予感がした。

気づけば私は二人が入っていった部屋の前にいた。

このまま部屋に飛び込んでいったところで、自分はどうするのか。完全にノープラン。一体、私になんの権限があって二人の間に割り込めるんだろう。ただのセフレにどうこう言う資格はない。

だけどいきなり扉が開いた。中から冬馬さんが出てきて、その後ろに藍野さんの顔が見えた。二人が一緒にいる姿を再び目にしたら――私の手は勝手に動いていた。

彼を自分のほうに引っ張り、気づいたら口も動いていた。頭に浮かんだ言葉は、一瞬だけ口に出すか迷ったけれど、引っ込めることはできなかった。

「……〝私の男〟なんて」

よく言えたなぁ……。

思い出して、ベッドの上で寝返りを打つ。

昨日は恥ずかしいことをたくさん言った。私の男だと言ってしまったし、恋人設定なのをいいことにたくさん……。お互いに気持ちが盛り上がってしまったんだ。そうじゃなかったらあんなこと言えるはずがない。〝好き〟だなんて、まさか……。

冬馬さんは私が放った以上にたくさんの〝好き〟を返してくれた。たくさん好きと言ってキスをして、きつく抱きしめてくれた。

恋人なんてただの設定で、〝好き〟という言葉も設定上のセリフに過ぎないのに。わかっていながら、やけに満たされた気持ちになって、ちょっと泣きそうになってしまった。

だけどこの疑似的な幸せも、割り切った関係だから得られるものだ。私と彼はただのセフレ。そう自分に言い聞かせながら、むくりと起き上がって出社の準備をする。

――この深みにはまってはいけない。

朝一番に出社することをやめた私。最近はぎりぎりまで朝の情報番組を見てから家を出ている。染み付いた習慣はそう簡単に消えず、早朝にパチっと目覚めてしまうものだから、最初は時間の潰し方に悩まされた。何か朝活を始めようかとも考えたけれど、それもなんだか真面目な気がして。

始業時間の少し前に会社に行くと、いつもと様子が違っていた。既に課の半分くらいが出社しているオフィス。私が足を踏み入れた瞬間、数人がこちらを振り返ってザワッとする。

「……えっ？」

前までは誰よりも早くここにいたし、後から出社してくる面々は私のことを空気のように思っていたのか、ほとんど意識していなかった。それが今は、明らかに視線が私に向いている。その上、みんな何か言いたそうにしている。

入口で足を止めてしまった私に、席の近い同僚女子がこそっと話しかけてきた。

「ちょっと舟木さん……」

「な、なんでしょうか……」

彼女の声の小ささに合わせて、私の声も小さくなる。彼女は少し混乱したように早口で言った。

「なんかやばい噂流れてる。土屋課長と付き合ってるって本当？」

「……え？」

「昨日、手繋いで二人で消えたって……」

サッと血の気が引いた。

私たちの様子を窺う視線をいくつも感じる。一体何が起こっているのか。動揺しつつもそれを外に出さないように、開いていた口を一度閉じる。

一呼吸おいてから口を開いた。

「……根も葉もない噂です。どうしてそんな話に？」

「だよね。私もそう思ったんだけど……見たっていう人がいて」

（……あ！）

同僚女子の気まずそうな視線の先を見て理解した。視線の先にいた藍野さんは、ただ一人こちらを見ることなく、ツーンとそっぽを向いている。

……お前か！　お前だな！

昨晩彼女の部屋の前で、私が〝冬馬さんは私の男〟だと宣言したのだった。……ああ、バカだ。あのとき必死だったばっかりに、口止めも何も気にしていなかった。

藍野さんが会社でしゃべってしまうことくらい、簡単に予想できそうなものなのに。

「……迷惑な作り話ですね。付き合ってるわけないじゃないですか」

周囲に聞かせることを意識しながら、とりあえずそう否定した。なんでもない素振りで自分のデスクまで歩いていく。心臓が痛い。

落ち着いて耳を澄ますと周りから小声で「だよなー。そんなわけないと思った」とか、

「でも藍野さんは見たって言ってるんだろ……?」とか言われていてもう気が気じゃない。

席にたどり着いてバッグを机上に下ろしながら「おはようございます」と周囲に声をかけると、「おはようございます……」と戸惑いを含んだ声がぽろぽろ返ってくる。完全に噂を払拭するのは難しいと悟る。

午前中いっぱい、私は落ち着かない視線に晒されて過ごすことになった。朝には一部の社員しか知らなかったのに、時計の針が進むごとに噂は確実に広まっていく。同じ部署の人間だけでなく、他部署から用事があってやってきた社員も、私の顔をまじまじと見てくるという場面が数回。

なんてことない、いつも通りの舟木美薗を装ってキーボードを叩きながら——ずっしりと胃が重い。早く噂をどうにかしなければと思うのに、人の中に芽生えた興味をどうすれば消せるのか、見当もつかない。

ちらりと壁のボードに目をやる。一番上に貼られた「土屋」のマグネットの隣には、「出張」の文字。次の出社予定日は一週間後になっていた。彼が戻ってくる一週間後までには、完全に噂の根を断ちたい。だけどどうすれば……。

一瞬、藍野さんと話をつけて「昨日のは見間違いでした~」と撤回してもらうことを考えたけれど、それも現実的ではない。ここで私が藍野さんを連れ出せば明らかに圧力をかけたように見えるだろうし、彼女が素直に聞いてくれるとも思えない。私が二人の後をつけて、その上〝私の男〟なんて宣言してしまったばかりに……。こんな風に冬馬さんに迷惑をかけるとは思わなくて、なんだかもうやりきれなかった。

解決策が何も思い浮かばないまま、昼休憩の時間。あれやこれやと憶測を立ててザワついていたのはさすがに落ち着いたけれど、依然として視線を感じる。〝気にしたら負けだ〟と思いつつもげんなりしていると、声をかけられた。

「舟木さんっ」

その特徴的な甘い声にピクッと驚き、振り返る。

今朝のツンとした顔とは打って変わって、満面の笑顔だ。今日もくるくるふわふわの髪の毛先を柔らかく揺らし、男性の好きそうな大きな垂れ目でじっと見てくる。

「……藍野さん」

「二人でランチいきましょー♡」

何を考えているのか。

周囲の注目をまた一気に集めてしまったことを感じながら、どうするのが正解か判断がつかず。私は藍野さんに誘われるまま、彼女とランチを共にすることになった。

「一体、なんなんですかあなた……」

すっかり疲弊した私は、彼女に連れてこられた地下一階のパスタ屋さんのテーブルでがっくりとうなだれている。なんだか今日はもう、疲れた。家に帰りたい……。

「あれー？　会社じゃあんな平気そうな顔してたのに。結構ダメージ受けてます？」

「当たり前です」

「じゃあ大成功です。舟木さん意外とメンタルよわーい。ちょろーい」

そう言って、テーブルの向かいに座る彼女は悪びれなくけらけらと笑う。本物のビッチ強い……。気圧されてしまう一方で、こんなことになってしまった一因である彼女には、やはり怒りも感じていた。

「あんな噂、困ります」

「困りますって言われても……黙ってるわけがないですよね、普通に考えて。だけど秘密にしろとも言われなかったし？　まあ、言われたところで絶対に言いましたけど」

「やめてください……。本当に困るんです」

「〝私の男〟ですもんね」

「……」

「びっくりしました。舟木さん、おとなしそうに見えてすごく過激」

そう言うと藍野さんは、セットのサラダをフォークで刺し、口へ運んだ。私はそれを見ながら、冷静になろうとお水を一口。

口止めしたところで無意味だったらしい。だけど、それで迂闊だった自分が許されるわけじゃない。彼女がしゃべるとわかっていれば、事前に冬馬さんとも相談ができたのに。

……そもそも、〝私の男〟なんて言わなきゃよかったってことが、すべてなんだろうけど。

悔いていても仕方がない。藍野さんが説得されてくれるとは考えにくいけれど、それでも噂が収束するよう、どうにかしなければ。

「……あれは、言葉のあやで」

「でもデキてるのはほんとでしょう？　いいじゃないですかー別に。社内恋愛が禁止されてるわけでもないし。私だって、隠してるならちょっと困ればいいって思っただけですよ」

全然よくない。立場のある人間が、しかも異動してきて間もない彼が部下と付き合うなんて、どう考えても心象がよくない。

その上相手が私なんて。……全然よくない。

本当の恋人だったなら、百歩譲ってまだマシだった。だけど私は恋人でさえない。セフレなんだから。

考えているうちになぜか泣けてきた。

「……舟木さん？」

ほんとにメンタル弱すぎですよ、と呆れた声で言われ、彼女に向って姿勢を正す。

冬馬さんのイメージが落ちるのだけは、やっぱりどうしてもダメ。耐えられない。あんな視線に晒されるのは自分だけで充分だ。

膝の上できゅっと拳を握って、声を絞りだす。

「……　〝私の男〟の中の一人ですよ、彼は」

「……は？」

「見えないでしょうけど、私、これで結構遊んでるんです」

「……はぁ」

「だから、特定の一人との噂がたつなんて困るんです。やめてくれませんか」

「……本気で言ってます？」

藍野さんはまだ呆れた声で、怪訝そうに目を細める。疑われている。無理もないと思うけれど、信じてもらわないと困る。

「本気です」

「あぁそうですか……。それ、土屋課長が聞いたらどう思うでしょうね」

「彼もそれを知っています」

事実、私は他の人とも関係を持っていると彼に伝えている。彼に伝えた内容そのものは、真っ赤な嘘だけど。

そこまで語って、解決の糸口が見えた気がした。噂自体を消すことはもうできないけれど。その内容を修正することは、まだできるかもしれない。

「……だから藍野さんと別れたあと、〝俺はお前の男になった覚えはない〟ってフられたんです、実は。迫れば落ちるだろうと思っていたんですが、案外カタい男でしたね」

「……はぁ」

藍野さんはまだ疑うような目をして、それから少し考えてからこう言った。

「なんかよくわかんないですけど、わかりました」

「よかったです」


「昨晩は珍しく自分から課長を落としにいこうとして、結局フられちゃったんですって～」

舟木さんかわいそー、と、藍野さんのわざとらしい声が休憩スペースに響いていた。私はそれをパーティションの裏で、よしよしと頷きながら立ち聞きする。かわいそうなんていう憐れみは余計だけど、広めてほしい要素はきちんと押さえられている。

『舟木が課長を誘惑しようとしてフられた』

『舟木美蘭は実は生粋のビッチ』

『頼まれれば誰とでも寝るらしい』

ランチで藍野さんが真相を問い詰めたところ、そういうことだったらしい……ということになれば、冬馬さんの印象は悪くならない。私がすすんで自分がビッチだという噂を広めようとしているなんて誰も思わないだろう。藍野さんの口から拡散されるその噂は、真実味が増す。

パーティションの向こうから、男性社員の声がした
「舟木が？　誰とでも寝るって？」

「嘘でしょ？　全然イメージ湧かない……」

その声は私の同期と後輩の谷川の声だった。これまでの真面目な素行のせいで、すんな

りとは信じてもらえなさそう。だけど半信半疑でも、更にゴシップっぽいこっちのネタのほうが広がるだろう。

〝せいぜい面白おかしく広めてください〟と冷めた気持ちで思う。

舟木美薗はビッチ。気分のいい噂ではないけれど、これで当初の目論見通り。都合のいいときだけ人から期待される真面目なイメージも、もう守る必要がない。

（……でも本当に、私はこうなりたかったんだっけ？）

ずっと、真面目でいることにうんざりしていた。

だけど昨日の夜。冬馬さんが言ったのだ。


『ほんとに好きだよ。手抜きができない不器用な、真面目なところも』


たったそれだけのことで、前ほど自分の真面目な部分が嫌じゃなくなったのは、どうしてなんだろう。

そんなことを考えてぼーっとしていたから、自分に近づく人影には気づかなかった。

「美薗先輩」

「っ、え」

気づいたらパーティションの裏から、谷川が覗き込んできていた。

「あ……」

「頼まれれば誰とでも寝るって、本当ですか？」

谷川はその高い身長で私のことを見下ろし、パーティションの両端を掴んで逃げ場を奪った。強い視線に射抜かれる。

「……えっ、と……」

同期の男と藍野さんはオフィスに戻ったのか、近くに気配はない。人目につかないこの空間で、私と谷川は二人きりだった。

ラブホテルに連れ込まれそうになった歓迎会の夜以来、谷川と二人になることを避けていた。あれ以降の彼は何か言いたそうにしていたけれど、酔って悪いことをしたという気持ちがあったのか、無理に迫ってくることはなかった。最近は仕事上必要な最低限の言葉だけを交わしていた。

それが、この距離の詰め方はなんだろう？　立ち聞きしていたのがバレた……？

「あの……これは……。とりあえずちょっと、近いわ。離れ……」

「質問に答えて」

ピシャリと言葉を遮られて、ビクッとする。普段の飄々とした顔とは違う。あの夜の、酔って熱っぽく迫ってきた顔とも違う。なんだかいつになく真剣で、私はついまともに取り合ってしまった。

「……誰とでも寝るという話なら、本当です」

「俺のときは断りましたよね」

「気分じゃなかったの」

答えながら、そういうことかと理解した。彼は気に入らないのだ。誰とでも寝るという噂なのに、自分とは寝ようとしなかった私のことが。

そんなつまらないこと……と思うけど、ここで彼を拒むのは不自然か？

「……谷川くんは、まだ私のことどうこうしたいって思うの？」

「思いますよ。怒られそうですけど……思わない日とか、ないです」

こんな私相手に？　おかしな話だなぁと思いながら、不覚にもドキッとしてしまった。いつになく真剣な目に戸惑う。――だけど結局、彼が言っていることは〝ヤりたい〟だ。

そう思うと一瞬で冷めた。

じりじりと距離を詰められる。熱い視線を前に、私は軽蔑の視線を返した。……でも、もう二度と冬馬さんとの関係を疑われないように、ここは受け入れてビッチであることを証明するべき？

私たちは無言で見つめ合う。間近に迫る顔を前にして私は考えた。……他の男の人とキスとかするの、イヤだなぁ。なんで冬馬さん相手ならいいんだろう？

その答えがうまく出てこないまま、私は谷川を受け入れようと、目を閉じた。

「……ん？」

目を閉じてから何秒経っただろう。一向に唇を奪われる気配はない。すぐそばに感じる息遣いから、谷川はまだ目の前にいるとわかる。

「……美薗先輩」

「……なに？　するならさっさと――」

「しませんよ」

「えっ」

グッと強い力で腕を掴まれた。驚いてつい、閉じていた目を見開く。

（えっ……しないの？）

どうこうしたいと思うのに？

考えが読めず間抜けな顔でいた私の目を見て、谷川は言った。

「俺、先輩のこと本気なんです……。自分のことは大事にしてください」

「……へ？」

「そんな、誰とでも寝るとか、よくない。……酔ってあんなことして、〝お前が言うな〟って思うかもしれませんけど。でも……俺が嫌なんです」

私の腕を掴んだまま、澄んだ瞳でそう熱心に訴えかけてくる。私は拍子抜けして、それから圧倒されてしまった。茶化す雰囲気も、騙そうという悪意もそこには見られなかった。

「……あの……うん。……わかった」

「ほんとですか？」

「わかった。自分のことは大事にする。大事にするから……手を離してもらえる？」

「あ……」

今度はあっさりと離してくれた。手首は少し赤くなっていて、「すみません、強く握りすぎました……」と谷川は反省して見せた。なんだか調子が狂う。

最近までバカにされていると思っていた後輩に、本気で心配される居心地の悪さを感じながら、純粋な疑問が口をついて出た。

「……どうして私なんかがいいの？」

谷川は頰を掻きながら、気まずそうに目を伏せる。

「理由は……そっけなく見えてすごく優しいとか、仕事してるときの横顔が綺麗とか……いろいろあります。何が一番かはよくわかりません」

訊かなきゃよかった。意外と具体的な答えが出てきて恥ずかしい。

私が一人で気まずくなっている間にも、彼の言葉は続く。

「でも最近、美薗先輩のことばっかり考えてるんです。だからこれはもう、好きなんだろうなって」

──その一言にハッとした。

私は驚いて、顔を上げて彼の顔を見る。

「……美薗先輩？」

とっても失礼なことだけど。

そのとき私の頭に浮かんでいたのは、冬馬さんの顔だった。

「──ということがありました。以上です」

そう言って私は、ふぅと息をついた。普段あんまりしゃべらないから、たまにたくさんしゃべるとちょっと疲れる。

「……いや、美薗さん。ごめん待って」

一週間ぶりに会った冬馬さんは、私の話を聞くと額に手を当てて深く嘆息した。

ここはホテルの一室。暗く落とした照明の中、私と冬馬さんはベッドに並んで座って話をしている。彼が出張から戻った今日、私はこの一週間に起こったことを彼に報告したくて〝夜会えませんか〟とメッセージを送った。

冬馬さんからは〝ホテルか美薗さんの部屋がいいなー〟とおどけた返事がきた。私は少し考えて、〝遠くのホテルがいいです〟と返した。話の内容的に人の耳のないところがいい。だけど、もう同僚に目撃されるわけにはいかなかったから。

「私の軽率な発言のせいで、すみません」

ベッドの上に座ったまま深々と頭を下げる。藍野さんが、私たち二人がデキてるという噂を流してしまったこと。だけど後追いで、実はビッチな私が迫ってフラれただけだという噂も流してもらったから、もう大丈夫だということも、全部話した。

まだ額に手を当てている冬馬さんは困った顔で言う。

「いや、美薗さん……頼むからそういうことは、早く教えてくれ。毎日連絡取ってたけどそんなこと言ってなかったじゃん……」

「すみません……無駄に心配をかけるかと思って」

「無駄じゃないよ。っていうかさ……それ、美薗さんがビッチだって言う必要あった？普通に〝告白してフられた〟でよくない？」

「あ」

「いや、そもそも。きみが自分を落とす必要なんてないし、別に俺は付き合ってるって思われても――」

「たしかにビッチって言わなくてもよかった……！」

「……」

「盲点でした……ほんとですね。〝フられた〟だけでよかったですよね。わー……」

私はどうにも、必死になると頭が回らなくなるらしい。藍野さんと話しているときは噂をどうにかするのに必死で、言わなくていいことの判断がついていなかった。

冬馬さんもそんな私に呆れているようで、額に手を当てたままガクッとうなだれている。

「……美薗さん、今のはちゃんと聞いててほしいところだったよ……」

「え、なんですか」

「や……うん、いいけど」

なぜかムスッとしてしまった冬馬さんは、顔を上げるなり隣に座る私の手を取った。久しぶりの接触にドキッと胸が高鳴る。

覗き込んできた冬馬さんの顔は、少し心配そう。

「ごめん、そんな噂が流れてるとこ一人にして……嫌な目に遭わなかった？」

「っ」

接近した顔に、つい、パッと顔を背けてしまった。

「……美薗さん？」

「すみません、あの……」

「どうしたの？　……ほんとに何かあった？」

「ないですないです」

違うんですそうじゃないんです。落ち着け、自分……。

深く息を吐き出して心臓を落ち着ける。冬馬さんをいつも以上に意識してしまう理由は、〝会うのが久しぶりだから〟というだけじゃない。谷川の言葉が私の心を引っ掻き回していた。

『でも最近、美薗先輩のことばっかり考えてるんです』

『だからこれはもう、好きなんだろうなって』

言われた瞬間にハッとした。自分も最近、冬馬さんのことばかり考えていたから。

……じゃあ、これはもしや。もしかしなくとも？

……恋、だったり、してしまうんだろうか……。

それだけはマズい。セフレなんだからそれだけはダメだと自分に言い聞かせていたのに。薄々気づきながら〝そんなことない〞と否定し続けてきた結果、他人の言葉であっさりと自覚させられてしまった。

だけど私はまだ、気づいてしまったこの気持ちをどうすればいいのかわからない。

「何もないならどうしてそんな反応するの……」

本当に心配そうな顔をされて、ドキドキしながらも申し訳なくなってくる。

不安は払拭しなくちゃ。私はおそらく赤くなってしまっているであろう顔を手で隠しながら、あたふたと答えた。

「大丈夫です！　谷川がっ……」

「……谷川？」

「ビッチだって噂のせいで、冷やかされたり、セクハラまがいのこと言われたりもしたんですが……だいたいは谷川がかわしたり、止めたりしてくれて。だから無事です」

「……ふーん」

あー、ダメ。動悸が……。

一度好きだと自覚すると、顔がそばにあるだけでほんとにダメだった。真剣に伝えてくれた谷川には本当に悪いけど、やっぱり私は、冬馬さんとしかキスしたくないんだろう。

キスだけじゃなく、それ以上のことも。

自分の指の隙間からちらりと覗く。さっきまで心配そうな顔をしていた冬馬さんは、何やら難しい顔をしている。眼鏡をかけたその顔が、仕事中の彼を思わせて格好いいなと思った。

……いっそここで、「本当に付き合ってください」と打ち明けてみる？　セフレを解消されてしまうだけだろうか。でも、嫌われてはいないと思うし……万一解消されても、また新しい関係を作っていける？

好きだと自覚して、いつになく勇敢な気持ちで奮い立っている自分。言うなら今、気持ちが前を向いている今しかないと、自分の背中を押して。

いざ。

「……冬馬さん」

「ん？」

「あのっ……実は、その……私っ」

言える！　と思った。

でも言えなかった。

私は告白しようと口を開いたまま、座っていたその場所で押し倒されていた。

（……なぜ？）

真上にいる冬馬さんの顔は険しい。〝格好いい〟と思ったけれど……そんな呑気なことを思っている場合ではない気がした。押し倒すために肩を掴んだ手には、やけに力がこもっている。少し痛い。

「…………冬馬さん？」

「ごめん、美薗さん。……流そうと思ったけど、無理。イライラする」

「は」

イライラ？

「……あッ‼　痛っ……！」

ガブッ、と首筋に噛みつかれた。それが結構本当に痛く、とっさに彼の胸を強く押し戻す。けれどビクともしなくて、あまりの痛みにじわっと涙を滲ませていると、噛まれた部分をべろっと舐められた。

「は、あぁっ……」

痛いのにゾクゾクと感じてしまう。なんで急にこんな……。

冬馬さんの様子がおかしいと思いながら、私も私で思い立った今、〝伝えてしまいたい〟と気持ちが急いていた。

「冬馬、さ……ちょっと、待って……私の話っ……ふ、んぅっ」

今度は噛みつくように唇を奪われる。言いたかったことはもごもごとしたまま彼の口に吸い込まれていく。

「は、ンッ……！　ん！　ん！」

いつになく荒々しいキスだった。いつものように口を開かされて舌を弄ばれると思ったら、強めに舌を噛まれる。加減されているのかどうかも怪しい強さで噛まれて、ビリビリと痺れる舌。唇が離れる頃には、その感触を甘く感じ始めて脳が溶けていた。

……何を言おうとしたんだっけ？

冬馬さんもキスで息をあげていて、自分の唇についた唾液を指で拭いながら「はっ」と笑った。

「……なに感じてんの。ひどくされるの好き？」

「……感じてなんか」

「嘘つき」

「ひぁッ!?」

言うなり彼はごそごそと、スカートを捲り上げて私のショーツの中に手を突っ込んだ。服を脱がせることもなく、前戯をすることもなく、蜜口に指を突き立てる。

「やッ……だめぇっ……！」

「うわ、トロトロ……ほんとにひどくされるほうが好きなんだ」

「ちがっ……あぁ……うぅ……」

突然の刺激に情けない声しか出ない。濡れてしまっていたことも、勝手に腰が浮いてしまうのも恥ずかしかった。彼の言う通り、私は感じてしまっているのだろう。

でも怖い。冬馬さん、どうして今日はこんな……。

「ほんと、やらしい……」

「も、冬馬さ……」

「俺がいない間に、後輩一人たぶらかしたんだもんな」

「え？　……あ」

……谷川のこと⁉

そこでやっと自分の失言に気づいた。私はまた、言わなくてもいいことを……！

「ちっ……違います！　谷川とは別に何もっ……はぁッ！」

〝谷川〟と名前を出した瞬間、膣の中で指が激しく蠢いた。

それで私は何も言えなくなってしまう。

「はッ！　あっ……だめっ、だめ……イッ……イッちゃう、からぁっ……！」

「この状況で？　……さすが。どうしようもないビッチだね、美薗さん」

――蔑むような言い方。息が詰まって、死にたくなった。

冷たいのに、熱い。そんな変な感覚。

私の首筋と舌に噛みついて、ナカに一気に指を突き立てた冬馬さん。原因は私が谷川の名前を口走ったことだとわかった。だけどわかったところで、もうどうしようもない。

「やっ……あぁん！」

「はッ……感じすぎじゃない？　っていうか、軽くイッてるよな、これ。……奥、すごいビクビクしてる」

「ふぁ！　ん！　あッ……だめぇっ……」

ベッドの上で強引に脚を大きく開かされていた。はだけたシャツの中、ブラはずり下げられて乳房が露わになっている。スカートはウエストまでたくし上げられ、ショーツはとっくに剝ぎ取られて。

冬馬さんは私の蜜壺に長い指を根本まで挿入すると、〝ぶちゅっ〟〝ぐぽっ〟といやらしい音がたつほど激しく掻き回した。

それがあまりに奥まで届いて気持ちいいものだから、怖くなる。

おかしくなってしまう。

「……そんな蕩けた顔して。もう欲しいの？」

「っ……」

「下のヨダレがすごい。〝早く咥えこみたくってたまらない〟って感じで……ダラッダラ」

いつも以上に私を辱める言葉を選んでいる。この感じ、前にもどこかで……。

奥のイイところをくすぐられ、快感で意識が焼き切れそうな頭で、どうにかこうにか思い出す。――歓迎会の夜だ。あの日冬馬さんは、私が関係をもっていると嘘をついた男性たちに対して、まるで嫉妬するかのように私を抱いた。「悪い女だ」と罵りながら、激しく。……だけどそのときよりも。

「その顔……谷川には見せてないだろうね」

彼の嫉妬が、前よりもずっと本物に思える気がするのは、どうしてなんだろう。

見たこともない冷たい顔で見下ろされて。〝怖い〟と思っているくせに、一方で強く惹かれている自分がいた。

私のせいでこんなに感情を乱しているんだと思うと、嬉しくなってしまう。

このどうしようもない感情も〝好き〟の一部なんだろうか？

「……見せて、ない……」

「ほんとかな」

「う、ぁっ」

ナカからずるりと指を引き抜かれる。そのもどかしい感覚にも腰がゾクゾクと震えた。また少し、達してしまったらしい。

冬馬さんはそんな私を見て、もう言葉で辱めることはせずに、〝ふっ〟と笑った。優しくではなく、ただ〝いやらしい〟と嘲笑った。カァッと頬が熱くなる。

彼はカチャカチャと性急な手つきでベルトをはずし、そこからボロンと欲望を取り出してゴムを装着した。

そして私に宛がうと。

「……ひッ！　あ……あぁぁぁぁッ‼」

一気に一番奥まで貫いた。

「はッ……くひっ……んっ！　あぁっ……」

ズンッ、とお腹の奥に届いた大きな質量に、視界がチカチカ瞬く。指で混ぜられ濡れていたとはいえ、急な挿入でミチミチと体が拓かれる感覚に、下半身が痺れた。

「あぁ……またイッた？　挿れただけなのに」

全然優しくなんかない。

「……あ……や、だめっ！　今動いちゃっ……ふ、うぅっ！」

「ああ……いい。いいよ、美薗さんっ……ずっと細かくイッてるの……締まって、気持ちいいッ……！」

引っくり返りそうなほど脚を高く抱えあげられて、正面からガツガツと突かれる。涙が滲んでぼやける視界で切れ切れに、夢中で腰を振り乱している冬馬さんの顔が見えた。

すごく興奮している。

また、怖いとも嬉しいともつかない複雑な気持ちがこみ上げてくる。今されていることだけを見れば、元カレに無理やりされたセックスと何も変わらないはずなのに。私の体で彼が昂っているんだと思うと……。

「……もっ。……は、あぁっ！　……もうっ、冬馬さ、やめっ……」

「っ……はぁ……本当にやめてほしいならさ……もっと、嫌そうな顔すれば？」

「っん！　あぁっ……！」

パン！　パン！　と一定の間隔で腰を勢いよく打ち付けられる。冬馬さんのはちきれんばかりの獰猛な欲望は、何度も私のナカを穿ち、萎えることを知らない。

熱い楔《くさび》を打ち込まれるたびに、少しずつ理性がどこかに飛んでいく。

「んっ……ンンッ……」

「そんなエロい顔しても男を煽るだけだろ。……なんて、わかってるか、そんなこと。ビッチだから全部計算ずくなんだよね」

「あっ……や、あぁっ、ん、ふっ……冬馬さぁん……！」

「そうやって甘い声で名前呼ぶのもさ」

「っ……」

「……今はなんか、すごく腹が立つよ」

——そう言われた瞬間、ぽろっと涙が出た。

同時に彼が息を詰まらせ、腰の動きを速める。

「……っ、あーッ……イイッ……イくっ……！」

「んんん！」

子宮口をグリグリ擦られたと思うと、真上で彼がぶるりと震えた。ドクドクと精を吐き出されるのがゴム越しでもはっきり伝わってきて、それで私はまた軽い絶頂を迎える。たっぷり吐き出される感覚に、あとからあとから快楽の波がくる。だけど涙はひかない。

射精した冬馬さんは荒々しい呼吸を繰り返しながら私の顔を見た。泣いているのを見て動揺したのか、一瞬硬直したけれど、結局……。

「は……ごめん。ちょっともう、泣かれても」

「っ、え」

「犯したいの我慢できない」

「あ……うそ、もうおっきっ……はぁぁぁん！」

そこから先はいくら泣いてもやめてもらえなかった。


朝がきて。

「……こほっ」

喉の痛みで目が覚めた。

（ヒリヒリする……）

散々声をあげたから当然といえば当然で、しゃべるとガラガラの声が出てきそう。

腫れぼったい目を一生懸命開いて、ゆっくりベッドから体を起こす。

「っ……」

半分体を起こしたところでよろめく。ジンジンと痛む腰に力が入らない。

今までだって相当激しかったけれど、翌朝腰が抜けてしまったことはない。それだけ昨晩は、ひどかったのだ。

「……美園さん」

「あ……」

彼が起きていたことに気づかず、不意を突かれた声が出た。冬馬さんは私の隣に寝そべって、枕で顔を半分隠しながら私を見上げていた。すごく後ろめたそうな目で。

「……痛む？」

「……そう、ですね。結構」

「……だよなぁ」

「……」

「……目も、真っ赤になってる」

今にも〝ごめん〟と言いそうな薄い唇。彼は謝るタイミングを窺っている。そんな雰囲気を察して、好きにさせてあげようと思った。私も気まずいのは嫌だし、誤解をさせた私も悪いわけだし。なんてことない、〝ごめん〟で済む話だと思った。

だから、私の目元に優しく触れようと伸びてきた手を、受け入れるつもりで目をつむった。――だけど。

「……っ、やっ！」

「え」

私は寸前で目を開け、その手をはたき落としてしまった。

「…………あの、ええと」

叩かれた彼はびっくりしていたし、叩いた私もびっくりしていた。私たちは目を丸くして見つめ合う。

遅れて冬馬さんが寂しそうに小さく笑う。〝無理もないか〟と納得したように。

(——違う)

そんなつもりじゃなかった。

私はなんだか取り返しのつかないことをした気持ちになる。

触られたくないわけじゃない。どれだけ乱暴にされても、昔付き合った彼氏と冬馬さんは違う。昨晩もそう感じていたはずなのに、触れてこようとする気配に体が勝手に……。かつての嫌悪感を思い出して、昨日の夜を塗り替えていく。まるでひどい夜だったみたいに。

感じていたくせに。

「会社行く前に家に寄る時間ある?」

「……あります」

「送ってくよ」

言いながら起き上がって、彼は床に落としていた衣服を拾っていく。私はその背中を見たまま動けずに、シーツにくるまってベッドにへたりこんだままでいた。

ああ……こういうときには一体、なんて言ったら。

「……あの、冬馬さん」

「ごめん」

背中を向けたままワイシャツに腕を通して、彼は言った。

「ほんとにごめん」

どうして目を見て言ってくれないんだろう。目を見て言ってくれたなら、また泣いてしまっても「いいよ」って言えたかもしれないのに。後ろを向かれたんじゃ、どんな顔をしているか、どんな気持ちなのかもわからない。

ここで私が、珍しくダメな冬馬さんの背中を抱きしめられたなら、物事はもっとうまくいったかもしれないのに。ちょっとの勇気が出なかった。

私と冬馬さんはたったこれだけで、その後一カ月近くプライベートで言葉を交わさないことになってしまった。

六月。梅雨になり、連日のように続く雨は私を余計に憂鬱にさせる。

オーダーメイド三課は、冬馬さんをトップに据えた新体制がうまく馴染んできていた。

やってきてすぐの頃、彼は帰りのタクシーで「管理職は向いてない」とぼやいていたけれど……前課長の鬼木さんと同じくノー残業主義なのも高評価だったし、何より内部のいろんなことを積極的に改革しようという姿勢の印象が良かったようだ。

実際に彼は、異動してきてまだ三カ月も経っていないというのに結果を出している。

オーダーメイド品の部品検索システムは、もっとデザイナーの目を生かした検索ができるよう改修されることに決まった。彼が普段の業務をまわしながら出向いていた作業場では、現場の意見を吸い上げ、受注から制作までのラインで営業ともっとマメに打ち合わせができるよう、テレビ会議が導入されることとなった。

みんなどこかで〝なんとかしたほうがいい〟と思っていながら、誰も手をつけてこなかったこと。そこに切り込んでいった冬馬さんのことを、私も素直にすごいなと思う。

六月に入ってからは私の噂も有耶無耶になっていた。〝舟木美園は実はすごいビッチらしい〟という話は、前から私を知る人には信じてもらえなかったらしい。最初のうちは面白半分でちょっかいをかけられることはあったけど、それすらもう今はない。

冬馬さんと私の噂を耳にすることもなかった。仕事で必要最低限の話しかせず、接点も少ないから、想像を掻き立てるタイミングもないんだろう。

何も問題がない平和な毎日。

何も問題がないからこそ、私と彼の間に生まれてしまった溝だけがぽっと目立つ。

（……きもちわるい）

最初は、梅雨のせいでなんとなく気が重いんだと思っていた。私は今、女子トイレの個室の中、お腹を抱えてうなだれている。早く仕事に戻らないと。

ここ数日、ずっとこんな感じだった。すごく眠くて、少し熱っぽい。食欲もわかないし、ひどいときには食べ物の匂いで吐き気がしてしまう。

どうしてこんなことに……と思って、思い当たることはひとつだけ。心理的ストレスだ。元カレと別れたときも、〝これで良かった〟と思うものの苦しくて、しばらく体調を崩していた。

冬馬さんとぎこちないだけでこうなるなんて、一体自分はどれだけメンタルが弱いのか。

トイレでうずくまって、情けなさすぎて泣きそうになっていたところ、外から女性二人の声がした。

「やー、ほんとびっくりしたわ……」

「ね。噂になったこともなかったのに」

カチャカチャと、化粧品をポーチから取り出す音に交じって会話が聞こえる。

（誰の声だろう……）

一生懸命その声の主の顔を思い出そうとして、ピンときた。たぶん、隣の課の若い事務の女の子二人だ。いつもメイクばっちりで女子力が高く、男性社員からも人気の二人組。

何にびっくりしたんだろう？　私はつい、聞き耳をたてていた。

「まさかあの新海さんが……経理の伊角《いすみ》さんとねぇ」

「しかもデキ婚っていうのが、また……。〝秘密の社内恋愛〟って感じで盛り上がってたのかな」

「社内でヤッてたらどうする？」

「やだー！」

なんて品のない……。

キャッキャと笑う二人の声をＢＧＭにしょっぱい気持ちになりつつも、私は驚いていた。〝新海さん〟って……あの新海さんですよね。私が冬馬さんに〝一度寝たことがあります〟って嘘をついた、女性にはあまり興味がなさそうなおじ様社員。

（興味あったんだ……）

人を見かけで判断しちゃいけない。

お相手として名前があがっていた伊角さんは、おそらく新海さんより十歳は年下。おっとりとかわいらしい経理部の天使。

一体どっちからアプローチしたんだろう。会社で顔を合わせるときはどうしていたんだろう。興味はある。だけどそれはゴシップの面白さというよりは、ちょっとした親近感からだった。

個室の外の二人の会話はまだ続く。

「にしても伊角さん、妊娠してるの一発でバレてたね」

「誰かが〝ヒールからぺったんこの靴に変わってたからピンときた！〟って言ってた。みんなよく見てるなぁって感心するわ……」

なるほど、そんなことでバレてしまうんだ……。

私は同僚の靴を、そんな風に意識して見たことがない。

「でもそれ以前に伊角さん、ここんとこ体調悪そうだったもんね」

「ねー！　妊娠してたって、言われてみれば確かにって感じ。ランチ断ってるのも見かけたし、顔色も悪かったし。つわりかぁ」

「食欲全然わかないんだってね。食べ物の匂いがするだけでキツいらしいよ。眠いし熱っぽいし気持ち悪いしで、一時期ずっと女子トイレにこもってたって言ってた」
（……ん？）
二人の話を聞いて、思わず我が身を振り返った。
眠いし熱っぽいし気持ち悪い。
最近トイレにこもりがちだ。
食べ物の匂いを嗅ぐのがキツい。
食欲がない。
全部当てはまる。そんなまさか。
（ないない）
……きっとない、ですよね？

第8章　土屋課長の苦手なこと

『あんたそれ、妊娠してんじゃない？』

けろっとした声でそう言われて——私は言葉を失った。

トイレで伊角さんの妊娠を知り、その症状が今の自分と丸々被ることに衝撃を受けた私は、居ても立ってもいられず瑞貴に電話をかけていた。

人気のない非常階段。静かなその場に、電話の向こうの能天気な声が響く。

『最近私の周りも子どもできたって子が多くてさ。症状はやっぱり個人差あるみたいだけど、美薗のはわかりやすい症状だよね』

「……えぇっ……」

『〝なんだちゃんと恋愛してるじゃーん〟と思って、安心してたけど……まさかそこまでトントン拍子だったとは』

「……あ、う……」

『っていうか避妊くらいちゃんとしなよ。それとも何、わざと？』

「……ひっ」

避妊くらいしてたわ！　と思わず叫びそうになった。ここが会社だということを思い出して思いとどまる。わざとだなんて冗談じゃない。

そして瑞貴の言葉で思った。

（そうだ、避妊してた！）

だから妊娠なんてない。きっと梅雨とか、ストレスとか……いろいろ重なって、似たような症状が出てきてしまっただけだ。うん、きっとそう。

だって私たちは、避妊をしていた！

（……本当にそうだっけ？）

大丈夫と結論付けようとした途端、疑惑がわいてくる。あの夜の記憶なんて曖昧だ。何度も達して、達したまま彼に抱かれ続けたから、後半なんかほとんど意識がなかった。彼は出会った日に〝セフレを孕ませるなんてヘマはしない〟と言っていたけれど……あの夜の冬馬さんは、とても理性的とは言えない状態だったし。持ち合わせのゴムが切れてそのまま続けたという可能性も、否めない。

『……美薗、もしかして……嬉しくないの？』

その問いかけに、余計に頭と心を揺さぶられる。

私は焦っている。思わぬ事態に。でももし、本当に、私のお腹に冬馬さんの赤ちゃんがいるんだとしたら……。胸がざわざわして、むずっとしたお腹に手を当てる。

もちろん胎動なんてない。

「……わからない」

『……そっか。まあ、なんにせよ彼とよく話すことね』

瑞貴の言う通りなんだろう。こんなこと、打ち明けないことには何も始まらない。自分一人の問題ではないんだし。……だけど間が悪すぎる。

一カ月も気まずくしていて、久しぶりに話すと思ったら「子どもができたかも」なんて、彼はどう思うだろう？　想像するだけでも怖い。だって私たちはセフレだ。もし彼の優しさが、セフレという後腐れのない関係の上に成り立っていたものだとしたら。

一度は告白しようと考えたものの、お腹に子どもがいるかもしれない今の状況ではワケが違う。今の私はきっと、冬馬さんにとってこの上なく重い。

頭の中でぐるぐる考えた上で、私は〝はぁ〟と息を吐きだし、どうしたってそこにしか行き着かない結論を口にした。

「……話すしかないよねぇ、やっぱり」

『うん』

それしかない。気まずくても怖くても、言うしかない。希望はまだ見えないけれど覚悟は決まりつつあった。親友の、気休めでないきっぱりとした返事に励まされる。

「ありがとう、瑞貴」

『ううん。……あ、でも美薗、話す前にちゃんと――』

「また連絡するね」

パッとスマートフォンから顔を離して通話を切った。〝こんなところでさぼってちゃいけない〟という気持ちが私を焦らせ始めていた。

最後に瑞貴が何か言おうとしていた気がして、かけなおそうとしたけれど、立て続けに会社のデスクから電話がかかってきてしまった。慌ててその電話に出る。

「はい、舟木です。あぁっ……すみません、すぐに戻るので――」

話さなきゃ。早く。

〝時間をもらってゆっくり〟なんて悠長なことをしていたら、気持ちが挫けてしまいそうだった。急ぎの業務を済ませ、オフィスできょろきょろと彼の姿を探す。ボードの表示は〝社内〟になっている。どこかで打ち合わせをしている？

「土屋さんのこと探してます？」

「……藍野さん」

後ろに手を組みながら楽しそうに寄ってきた彼女。なんだか意地悪く口角を上げている。

よからぬ企みを感じて、警戒しながら向き直った。

「土屋さんなら、さっき誰かと通話しながら第三会議室に入っていきましたよ。仕事の相手ではなさそうでしたねぇ」

「……そうですか」

「女だったりして」

女……と、つい頭の中で言葉をなぞる。私の知らない女性との電話。

冬馬さんに自分以外の相手がいるという可能性を、考えたことがないわけじゃない。そもそも私はセフレだし、彼はやけに女性の扱いに慣れていたし。エッチも上手だし。むしろ他にいないほうが不思議なくらいだと思う。

だけど、なんとなく。

「そういうのじゃないと思います」

「……は?」

「わかりませんけど。……たぶん、そういうのじゃない」

「なんの自信ですか一体……」

〝やっぱり付き合ってんじゃん〟と白けて息をつく藍野さんに、心の中で返事をする。

まだなんです、と。

付き合えたらいいなと思っていたのに、話は一足飛びでお腹の中の子どもをどうするか。どうしてこんなことになるまで気づけずにいたんだろう。好きだと感じる瞬間なんて、ほんとは何度もあったのに。

藍野さんの話では、彼は通話しながら第三会議室に入っていったということだった。その言葉を頼りに冬馬さんを追って、会議室の前にたどり着く。幸いそばには誰もいなくて、今さっと中に入ってしまえば誰にも目撃されずに済む。電話中なら嫌がられるかもしれないけど、とにかく中に入ってしまおう。

いざ、ドアのレバーに手をかけたとき。中から声が漏れ聞こえてきた。

私の手は止まる。

『――だから、しないって』

冬馬さんの声だ。

『あのさぁ……うん、ごめん。そう。前にも言ったと思うけど……』

電話の相手は仕事先ではないとすぐにわかった。くだけたしゃべり方。もしかしたら、私と話すときよりも気安いかも。自分の知っている冬馬さんとは違う気がして、心臓が痛くなる。

（……私の知らない女の人？）

一瞬よぎった疑惑を振り払う。もしそうだったところで、この関係はセフレなんだから彼にはなんの非もない。

それでも軽率に疑うことはしたくなかった。

電話の相手はきっと、家族か誰かなんだろう。存在しない他の女の影に怯えるなんてバカみたいだ。そんな幼い誤解ですれ違っている場合じゃない。

（――大丈夫）

子どもができたかもなんて言ったら、もう好きとは言ってもらえないかもしれないけど。それでも彼は向き合ってくれるはずだ。私の話を、ちゃんと聞いてくれる。

……こんな信頼は、一体いつ芽生えたんだろう？

もう一度、ドアのレバーを握る手に力を込めた。

また声が聞こえた。

『うん、だから結婚は……』

結婚、という一言にドクンと心臓が跳ね上がる。

そして動けなくなった私にトドメを刺すように。

『しないよ。……この先もするつもりないから。ごめん』


――結婚。しない。

この先も。

ごめん。


聞こえた言葉を頭が丁寧に拾っていく。それはどう組み替えようとしたところで、その言葉通りの意味にしか取れない。

冬馬さんは誰とも結婚する気がない。もちろん、私とも。

さすがに中には入っていけなくて、私はドアのレバーから手を離していた。

しばらく呆然としていると、中で冬馬さんが通話を終え、ドアに向かってくる気配がした。私はハッとして後ずさる。彼と今顔を合わせてはいけない。体が勝手に動いて、オフィスまで駆けだしていた。――どうしよう。

彼ははっきりと、強い意志を持った声で「結婚する気はない」と言っていた。……知らなかったなぁ。冬馬さんがそんなに強い結婚観を持っていたなんて。やっぱり私は、彼のことを何も知らないのかもしれない。

彼と結婚できると思っていたわけじゃない。だけどあそこまで結婚を拒絶するなら、きっと〝子どもができた〟なんて重荷でしかないんだろう。正直に言えば「堕ろせ」と言われるような気がした。それだけは嫌だ。

きゅっと唇を強く結ぶ。

オフィスに戻る頃、私はこのあと取る行動を大方決めていた。

会議室の前で冬馬さんの電話を立ち聞きした日から三日。私は自分のデスクで、つわりと思しき吐き気とずっと戦っていた。

（……いつまで続くんだろ、これ）

何も食べたくない日が続いて、気持ちが塞ぎがちになる。それでも自分だけの体ではないんだと、プレママ雑誌を買って〝これから〟について必要な情報を仕入れていた。たばこやアルコール、カフェイン。赤ちゃんはいろんなものに影響を受ける。体を冷やすのもよくない。赤ちゃんに栄養を届ける血流が滞ってしまう。

その他にも初めて知ることが山のようにあった。……母親って、大変だなぁ。ちゃんとなれるだろうか。

正直何を考えても、どんな未来を想像しても気が重い。だけど私は午前中に、憂鬱なミッションをひとつだけやり遂げていた。それも完了するまで生きた心地がしなかったから、今の気分はまだマシだ。

次のミッションも、もう間もなく。

「舟木」

声を掛けられて、だるい体をおして振りむく。そこには眼鏡を掛け、ピシッとスーツ姿が決まっている冬馬さんが立っていた。

その表情からして、私がこの午前中にしたことをもう知っている様子。

「ちょっと会議室までいいか」

「……はい」

いつもより声のトーンが心持ち低い。怒っているときの声だ。私は席を立つ前にきゅっと自分の両手を握って、勇気を奮い立たせる。どうかちゃんとうまくできますように。

彼が私の前をスタスタと歩き、たどり着いたのは私が彼の通話を立ち聞きしてしまった第三会議室。そんなこと知る由もない冬馬さんは、私を振り返るなり座ることもなく、本題に切り込む。

「どうして会社を辞めるんだ」

いつもの〝土屋課長〟の口調で、上司としての問いかけだった。真意を探ろうと鋭い目をしている。私はその目に臆さないように、すっと背筋を伸ばす。

私はこの午前中に辞表を出してきた。直属の上司である彼を飛ばして、更に上のオーダーメイド部門長である鬼木さんに提出した。

鬼木さんも最初は、「何かあった？」と不思議そうにしていた。

私だってまさか、自分が会社を辞めるとは思っていなかった。新卒入社でずっと勤続してきた会社だ。結婚以外で辞めることはまずないと思っていた。

だけど、冬馬さんにお腹の子どものことを隠すのにはこれしかなかった。お腹が大きくなっていって冬馬さんにバレる前に、私は会社を去らなければならない。

「何か不満があるのか？」

「いいえ」

課長の顔で問いかけてきた冬馬さんは、ふっと素の顔に戻る。

「……じゃあ俺が原因？」

ちょっと弱った顔にきゅっと胸が絞られた。一カ月前の朝、私が拒絶したときの彼の顔を思い出す。珍しく弱気な顔。〝こんな顔もするんだなぁ〟なんて愛おしくなりながら、言うべき言葉を探す。

「そうじゃありません」

「ほんとに？」

「冬馬さんはまったく関係ありません。私、結婚するんです」

「……は？」

「今までお世話になりました。いろいろと」

深々と頭を下げる。

彼の顔は見えないけど、だいたい予想がついた。

「……結婚、って、何。誰と？」

「ずっと関係を持っていた人です。言いましたよね？　私、冬馬さんだけじゃないって」

ゆっくり顔を上げると、やはり彼は怪訝そうにしていた。〝信じられない〟という顔で、少し不快感を露わにしていた。

私は精一杯、嫌な女ぶって笑う。

「後腐れのない適当な関係だけ結んでいればいいと思ってたんですけど……。ほら、私ももういい歳じゃないですか。そろそろ落ち着いたほうがいいのかなって」

「……へぇ」

「ずっと独り身っていうのも寂しいし」

自分の放った言葉がボディーブローのようにじわじわと効いてくる。ずっと独り身っていうのは寂しい。寂しいけど、たぶんこの先、私は独りだ。独りでこの子を育てていく。いろいろ考えてしまうと、つい不安で泣きそうになった。けど彼の口から「堕ろせ」なんて言われた日には、きっと死んでしまいたくなるから。

隠し通さなければ。

冬馬さんはゆっくりと口を開いた。

「……〝独り身は寂しい〟って思ったときに」

「……」

「きみが一緒にいたいって思うのは、俺じゃないんだな」

「…………え？」

何を言われたのかよくわからなかった。

苦々しい表情に釘付けになって、言葉が出遅れる。意味を教えてもらおうと思ったらまた先に彼が口を開いた。

「俺はもう、きみのことがよくわからない」

――気持ちがどんどん離れていってしまうのを肌で感じる。


たった一度拒んだだけで。

彼が私の目を見て謝れなかっただけで。

私がそれを「いいよ」と許せなかっただけで。

なかなか話す勇気が持てなかっただけで。


ねじれてこじれて絡まって、ほんとのことを何ひとつ言えない関係になってしまった。

結婚することを告げると、冬馬さんは私のことを見限ったようだ。「きみのことがよくわからない」と言ったきり、それ以上は何も言わず、私を会議室に置き去りにして戻ってしまった。

そんなの私のほうが、冬馬さんのことがよくわからない。

誰とも結婚しないと決めているくせに、どうしてあんな寂しそうな顔をしたのか。勘違いしそうになるからやめてほしい。正直に打ち明けても、結果はそんなに悪いものじゃなかったんじゃないかって、今更思ってしまうから。


一日経ったものの、あれから仕事でも冬馬さんと話す機会がない。私は徐々に引き継ぎの準備を始めていた。

辞表を出したからといって、すぐに会社を辞められるわけじゃない。最低でも辞める一カ月前にその意思を告げる必要がある。早ければ妊娠四カ月でお腹が大きくなるケースもあるらしいから、のんびりしている時間はない。

鬼木部長も冬馬さんも、まだ他の社員には話していないらしい。誰かしらに「辞めるの？」と聞かれるかと思ったけれど、昨日も今日もそんな気配はない。時期を見ているのかも。それなら私がフライングするわけにもいかず、一人粛々と会社を去る準備をする。

もう使うことはないであろう書類をシュレッダーにかけて、デスクの中がすっきりした。

ちょうどそこに谷川がやってくる。

「先輩。……ちょっと。そこまで構えられると傷つきますって」

「……ごめん」

　席に座ったままさっと彼に体を向けて、絶対に隙を見せまいとしていた。

　前科があるから仕方ないじゃん……と思いつつ、それだけじゃないこともわかっていた。前に谷川とのことで冬馬さんを怒らせてしまったから、反射的に体が距離を取らねばと思ってしまったのだ。今更気にしたって何の意味もないのに。

「何？」

〝はぁ〟と息をついて緊張を解く。谷川は目を丸くして私のデスクを見回した。

「もしかして異動ですか？　こんな綺麗に片付けて」

　言われてギクッとする。侮れない洞察力だ。というか、こんなに早く片付けるべきではなかった……？

　ここにきてまだ、自分の真面目な性格が災いする。なんでも早め早めに片付けようと思ったら、早めにバレそうになるとか。

「ううん、異動の予定はない」

　嘘は言っていない。異動じゃなくて辞めるだけ。谷川に言うと「なんで⁉」と詰問されそうで、絶対に言えないなと思った。

「ふーん……？　まあ、もともと綺麗好きですもんね」

「まあね……」

　実のところそうでもない。会社のデスクは綺麗にしているけれど、自分の部屋にはそこまで気を遣っていなかった。前に冬馬さんが来たときだって、出しっぱなしの雑誌や洋服に自分で辟易してしまったくらいだ。私がちゃんとしているのは会社の中でだけ。

思えばたぶん、ずっと。いつの間にか作り上げられていた真面目なイメージを、私は自分の手で守っていたんだろう。〝つまらない〟と揶揄されて傷つく瞬間まで、それが自分に寄せられる期待だと信じて。

「綺麗好きっていうか、気遣いの人なんですよね。美薗先輩は」

「……え？」

なんで今褒められたんだろう？　と反応して顔を上げる。谷川は〝よいしょ〟と言って隣の席に腰かけた。なんだかゆっくり話すモードだ……。

引き継ぎ書を作るつもりだった私は迷惑そうな顔をして見せるが、効果はない。

「毎朝、課のみんなのデスクを掃除してくれてたって本当ですか？」

「……え⁉」

「わ、本当なんだ。すげー……うわ、なんかちょっと感動した。やばい」

「な……なんで、それっ……！」

「へへっ。なんで* でしょー」

谷川は無邪気に笑う。意外とかわいい顔して笑うな……。

複雑な気持ちになりつつ、内心動揺していた。自分のするいろんなことを〝お節介〟だと言われていたのは知っているが、朝の掃除のことは誰にも知られていないと思っていた。

谷川は答えずにしゃべり続ける。

「飲み会の日にバラしちゃったと思うんですけど、俺、ずっと美薗先輩の悪口言ってたんです」

「……ええ」

「先輩の、かわいいところとか優しいところを、他の人に知られるのが嫌で。……俺、この話しましたよね？」

「……うん。言ってたわね」

昼間のオフィスは騒がしかった。フル稼働しているコピー機に、他部署と電話で揉めている声。楽しそうな打ち合わせの談笑に、ガラガラと台車で家具のサンプルを運ぶ音。

ここにはたくさん人がいるのに、喧噪のせいで会話は私と谷川だけのものになった。

彼は横からじっと私を見つめながら、ゆっくりと話す。私はその目を見ていられなくて、もう捨てる予定の書類に視線を落とした。

「俺ねぇ……あの飲み会のあともまだ、悪口やめられなかったんですよ」

「は……？」

「〝悪いな、やめなきゃな〟って何度も思うんですけど、もう癖みたいになってしまっていて……。本当にすみません」

「……そんなことわざわざ謝りにきたの？」

声は自然と冷たくなった。谷川の言葉でどれだけ傷ついていたかを思い出して、腹が立ったのだ。……でも裏を返せば、私はそれを忘れていた。少し前までは、言われたことがつらくて痛くて、消えてしまいたいと思うくらい苦しかったのに。

あの痛みはいつ、どうして消えたんだっけ？

（何か大事なことを忘れているような……）

谷川はバツが悪そうに笑った。

「それもあるんですけど、違います」

「じゃあ何……？」

「土屋課長ですよ。先輩が朝に掃除してたって、教えてくれたのは」

（……冬馬さん？）

あまりに意外だったので、私は目を丸くするだけで返事ができなかった。

「飲み会の日のあとも喫煙所で、俺が美薗先輩の悪口言ってたらね。土屋課長、自分はタバコ吸わないくせにわざわざ入ってきて……。〝お前は知ってて言ってるのか〟って、すごく怒られたんです」

「……」

「悪口も、それを聞いた本人がどれくらい傷つくか、想像したことあるのかって。……なんか、先生に怒られる小学生みたいでした」

かっこわりー、とおちゃらけて見せたかと思うと、谷川は真面目な顔で私に向き直った。私も目をそらしてちゃいけない場面だと察し、彼に向き直る。

何を言われるかわかって、緊張する。

「本っ当に、すみませんでした」

彼は座ったまま深々と頭を下げた。

「勝手なことばっかり言って……全部、思ってもないことです。本当にごめんなさい」

私はその誠実な声と姿勢で、胸がすっとしていくのを感じていた。そしてちょっと泣きそうになった。

一時期自分を苦しめていたしこりが、するすると溶けてなくなっていく感覚。

同時に、冬馬さんが言ってくれたことが嬉しかった。人を叱ることは苦手だと言っていた彼が、きっと少し悩みながら、言葉に迷いながら谷川を叱ってくれたということ。

じんわりと胸が熱くなる。

「……いいよ」

私の口からは自然と言葉が出てきた。

「許す。もう気にしないで。……でも次に好きな人ができたときは、そんなこと言わないようにね」

ゆっくりと顔を上げた谷川は、「はい」とバツが悪そうに笑う。

それから彼は更に言葉を続けた。

「先輩。俺、わかりましたよ」

「……何が？」

「一カ月前に、先輩が好きだって言っていた相手が誰なのか」

「あ……」

今度バツが悪い顔になったのは私のほう。

谷川に言われて、急速にその日の、その瞬間のことを思い出す。彼が言っているのはあの、パーティション裏での会話のことだ。


『美薗先輩のことばっかり考えてるんです』

そう言ってまっすぐに彼がぶつかってきてくれたとき、私は失礼にも冬馬さんのことを考えていた。〝自分も冬馬さんのことばっかり考えてるな〟と、彼への気持ちを自覚して。

だからもう、その瞬間に谷川への返事は決まっていた。私は子どもが初めて歩くときのような不安定さで、言葉を紡いでいた。

『ごめん、私……たぶん』

探り探りで導き出した答えは、まだとても頼りない。

『たぶん、今……ものすごく好きな人がいる』

谷川に「たぶんってなんですか！　はっきりして！」と納得いかなさそうに地団駄を踏まれ、それでもやっと掴みはじめた自分の気持ちは不確かだった。そのときは、まだ。


今、谷川は眉をひそめて笑う。

「相手は土屋課長でしょ？　まー、飲み会の夜からちょっとそうかなぁって思ってましたけどね……。でもあんな四月にやってきたばかりの人に取られるのも癪じゃないですか」

「……ええと」

「……そんな不安そうな顔しないでくださいよ。別に今から略奪しようなんて思ってません。……美薗先輩がちゃんと、大事にされてるってこともわかったし」

谷川の口から語られる冬馬さんのことがすべて、私の胸を締め付けていった。——大事にされている？

今ちょうど気まずくなっている冬馬さんとのことを、そんな風に言われるのは居心地が悪い。だけど谷川に言われたことで、私は思い出していた。

仕事の後押しをしてくれた優しい顔。エッチのときどれだけ意地悪でも、終わると自然に頭を撫でていてくれた大きな手。デートの最中ずっと隣で幸せそうに笑っていてくれたこと。何より、私のために怒ってくれたこと。

——大事にされている。本当にそうだと思う。

彼の用件は本当にそれだけだったようで、少し黙っていたかと思うと「そろそろ真面目に仕事しよっ」とつぶやいて席を去っていった。

一人自分の席に残された私はオフィスの喧騒の中、引き継ぎ書を作り始めようとパソコンのスクリーンセーバーを解いた。

そのときに。

はらりと床に落ちた紙切れに気づいた。

「ん……？」

どこから出てきたんだろう。片付けた資料の中に混じっていた？

屈んで床のそれに手を伸ばす。落ちていたのは付箋だった。

箇条書きされた部署と担当者の名前。強くて綺麗な字で書かれたメモの最後には、〝頑張って〟と書かれている。——冬馬さんから最初に渡されたメモだ。

私は角が丸まってしまった付箋を両手で伸ばして読み、それから元あった手帳の中に大事に挟みこんだ。仕事が済んでしまえばもう、必要のないメモだった。

だけどそれを大事に残しておくくらい、最初から好きだったんだろう。認めたらもうセフレでいられないからと、自分の気持ちに蓋をして。ほんとはずっと、思えば最初から、大好きだった気がする。……何がそれほどまで強烈に、私を突き落としたんだっけ？

やっぱり何かを忘れているような。

うーん、と頭を悩ませて、〝まあいいや〟と姿勢を正す。

付箋の〝頑張って〟という言葉は、これからの私をずっと守ってくれるような気がした。そしてお腹の子どもは、自分がきちんと守っていくのだ。

バッグの中のプレママ雑誌をちらりと見る。

「舟木！」

「っ、はい！」

急に名前を呼ばれてビクッとする。

部屋の入口から声をかけてきたのは営業の先輩だった。手招きされる。〝なんだろう……〟と思いながら腰を浮かせる。

「ごめん、ちょっといい？　デザイン部に部品の相談に行くからついてきてほしいんだけど。俺、柏木さん苦手なんだわ……」

「あぁ……いいですよ」

最近はこんな相談も増えた。柏木さん、ほんとはめちゃくちゃ優しいのにな……。

そう思いつつ、せっかく柏木さんに会える機会なのでついていくことにする。〝ほんとはめちゃくちゃ優しい人〟だと、それを教えてくれたのも冬馬さんだ。

手帳とボールペンだけ持って席を立ち、入口まで行くと、ちょうど打ち合わせから戻ってきた冬馬さんとすれ違う。

「……」

ふと視線を下げてしまった。目を見られるといろんなことがバレてしまうと思ったから。

特に責められることもなく、すぐ真横を彼の気配が通りすぎていく。

（……心臓痛いなぁ）

よく知っている匂いがふわっと香って、苦しいのに頰が熱くなる。こんな状態で〝好きじゃない〟なんて、よく自分を騙してこられたなと感心してしまう。

前を向かなきゃ。

もう悲しんでなんかいられないんだと、自分を強く勇気づける。

――私はうっかりしていた。声をかけられて、そのまま何も考えずに自分の席を離れてきてしまったのだ。

プレママ雑誌が入ったバッグの口を大きく開けて、中が見える状態のままデスクに放置してきてしまったことに、このときの私は気づいていなかった。

第9章　セフレはもうおしまい

今回も柏木さんからはみっちりとダメ出しを受けた。営業の先輩はこれがリベンジらしく、最初に相談に行ったときに雷を落とされたらしい。

はなから柏木さんに決めてもらう気でいた先輩は「ちったぁ自分の頭で考えてから来いよ‼」と、ブチ切れられたという。だから今回はいくつか案を考えてきた。

結局それは「ダセェ」と一蹴された。

最初なら私も「怖いおじさんだな……」と思って終わったかもしれない。でもある程度付き合いができてきた今ならわかる。柏木さんはたぶん、営業にも素材を見る目を養ってほしいと思っている。わかりづらいけど、やっぱり会社思いだし、同僚思いなんだと思う。

（こういう人がいる会社っていいな……）

そう思って、私はもうすぐこの会社を去ることが少しだけ寂しくなった。

そのあとのマテリアル部の一宮さんへの相談にもついていった。営業の先輩は本当に柏木さんが苦手だったようで、デザイン部ではずっと黙っていたが、マテリアル部にきた途端に饒舌になった。まあ、人との相性なんて誰にでもあるか。

あれこれ議論した上で俎上にあがってきた素材案を、私は手帳にメモしていく。

「いやー、サンキュー。舟木が来てくれて助かったわ」

「……いいえ。どういたしまして」

マテリアル部からオーダーメイド三課に戻る途中のエレベーターの中で、本当に感謝されているような、自然な言葉を投げかけられた。

私はどうにかその言葉を取り落とさないように受け取る。少し前までは陰口もあったせいで、感謝の言葉には常に半信半疑だった。だけど今は素直に嬉しい。

窓の外を見るとすっかり日が落ちていた。柏木さんと一宮さんとの打ち合わせはそれぞれみっちりと長かったので、私が自分のデスクに戻ると八時を回っていた。

(引き継ぎ書を進めなくちゃ……)

そう思って、ノートパソコンのスクリーンセーバーを解いたところ。背後から伸びてきた手にパソコンの蓋をぱたりと閉じられる。

「……え」

なんで閉じるの。誰の仕業かと考えるよりも先に驚いて、バッと背後を振り返った。

――よく知っている匂いに包まれる。清潔で柔らかな香り。柔軟剤かシャンプーなのか、まだ正体は知らない、ずっとひっついて満たされていたくなる香り。

「今日の仕事は終わり」

「……土屋課長」

冬馬さんが後ろに立っていた。私の背中に覆いかぶさるようにして、上からノートパソコンを閉じている。一気に動揺して声が上擦りそうになるのをこらえながら、私は眼鏡の奥の目を見つめ返す。

「終わりじゃありませんよ。まだ仕事が残ってるんです」

「指示してない」

「課長の指示以外でだって……」

「きみの上司は俺だろう」

その言葉は暗に、冬馬さんをすっ飛ばして鬼木さんに辞表を出した私を責めているような気がした。彼の目は怒っているように見える。

辺りを見渡せば、三課にはまだ数名だけ社員が残っていた。最近噂が立ったこともあって、彼らは私たちのことを遠巻きながら興味津々の目で見ている。こんな場面を見られるのは明らかによくない。

「……なんなんですか？」

私が苛立ちを隠さず聞くと、彼は声のトーンを落としつつ、さらりと言った。

「夕食でもどうかと思って」

「行きません」

提案はまさかのものだったけれど、即答で断った。

……一体どういうつもりなんだろう？

周りには聞かせないつもりのようだけど、内緒の会話なんて余計に怪しい。〝早く立ち去ってくれないかな〟と焦りながら、辛辣な言葉を探した。ワイシャツが触れている背中が熱い。

「今日済ませてしまいたい用事があるんです。……あと近いです。この距離はセクハラですよ」

「本人が嫌がってたら、セクハラになるね」

「セクハラですよ」

「そうかな。本当に？」

訊かれて、カッと頬が熱くなる。決して照れたからではない。人をバカにしたような物言いに腹が立ったから。

「……ほんとになんなんですか？」

耐え切れず、私も声のトーンを落として本気で問いかけた。

すると彼はふっと笑って。

「別に。ただ……ちょっと気が早いけど、個人的に送別会をしておこうかと思って」

「は……」

「ほら。初めての、部下の寿退社だからさ」

「……そうですか」

言葉の端々に棘を感じながら、私は渋々承諾する。

「いいですよ。……少しだけなら」

これ以上触れていたらまた変な噂が立ちかねない。それはたまらなく嫌だった。時間をずらして出ることを条件にして承諾する。待ち合わせ場所を決めると、冬馬さんは私の背中から離れていった。ほっと気がゆるむ。

彼が他の社員にも同じ感じで声を掛けにいったのを尻目に、帰り支度をする。――あれ以上触れていたら、まずかった。心地よくって、目を閉じてしまうかと思った。


先に出て、会社から十分ほど歩いた先の本屋さんで待っていた。もう間もなく閉店という時間で、客も少ない。

平積みされている小説の表紙をぼーっと眺めていると、すぐそばに冬馬さんが立った。彼は「行こうか」とその一言だけで背を向けて、先に歩き出してしまう。もちろん手は繋がない。どこに行くつもりなんだろうな……と思う反面、どこでもいいやと投げやりな気持ちも少し。

彼は大通りに出るとすぐにタクシーを止め、最初から決めていたようにするっと行き先を告げた。私もよく行く飲食街。

（本当に夕食を食べに行くんだ……）

私たちの間にはもう何も起きそうにない。

タクシーの中では無言。ちらっと様子を窺うと、彼はずっと窓の外を見ていた。目が合わないのをいいことにじっと見つめる。眼鏡の下の目元には少しクマがあるように見える。……最近忙しかったのかな。前ならちょっとしたメッセージのやり取りからでもわかったのに。

「……最近」

「っ、え」

冬馬さんが急に声を出すのでビクッとしてしまった。ぱっと目を伏せる。彼はまだ窓の外を見ているから、たぶん見られてはいない。

「……なんですか？」

「最近なんか、体調悪そうだなって」

「ああ……平気です。ちょっと風邪気味なだけで」

「そうか」

「……そっちこそ、ちゃんと寝てるんですか？」

あまり突っ込まれたくなくて話題を返す。冬馬さんはそこで初めてこちらを見て、窓側にもたれたまま小さく笑った。

「……どうだと思う？」

前に一緒にタクシーに乗ったときも、こんな風にクイズにされたなと思い出す。私はそれ以上答えずに、タクシーが行き先にたどり着くのを待った。

飲食街はこの時間、私たちと同じように仕事終わりでご飯を食べにきた人が多いようで、サラリーマンが大半だった。「何食べたい？」と聞かれることもない。冬馬さんの中でお店はもう決まっているらしい。

彼はタクシーを降りてから、私の前を迷いのない足取りで進んでいく。彼についていくしかなかった。

冬馬さんが足を止めたのは、おしゃれなレストランでも居酒屋でもない。オフィス街にも面した高層ファッションビルだった。……なぜあえてここに？

入ってすぐのところに店を構えていたアパレルショップは、着々と閉店準備を進めている。それを横目に見ながらビルの中を進み、エレベーターで十二階へ。フロアガイドを見ると確かに、高層階に飲食店が集まっているらしい。

この中によっぽど食べたいものがあるのか……。相変わらずほとんど言葉を発しない冬馬さんの後ろを、黙ってついていった。

たどり着いたのは、なんだか来たことあるような気がしないでもない、ジャズの音楽が流れるおしゃれなバー。

「……冬馬さん」

「ん？」

「晩御飯食べるんじゃ……？」

「ここ、ご飯もおいしかったよ。ナポリタンがおすすめ」

「……はぁ」

口ぶりからして、彼はここに来たことがあるらしい。

なんだろう……。なんだかすごくそわそわする。というのも、やっぱり私もここに来たことがある気がするのだ。絞られている暖かな色の照明も、流れる音楽も、カウンターの奥にあるグラスのディスプレイも。

バーなんてだいたいそんなものだと言われてしまえば、それまでだけど。そっくりそのまま同じものを見聞きした気がしてしょうがない。

だけど、一体いつ？

「こっち」

冬馬さんはマスターに軽く挨拶をすると、そう言って更に店の奥へと進んでいった。つきあたりの簾《すだれ》をくぐる。そこは外に面した壁がガラス張りになっていて、オフィス街の夜景が一望できる空間。窓を向いて二人で並んで掛けられる、半個室の席だった。

どうしてこんなところに……と戸惑いながら、夜景の美しさに息を呑む。まだ電気のついているオフィスビルが、ずっと奥まで続いている。遠くにいくほど光が点になって、眩しくキラキラと輝いていた。

「座って、まずは一杯やろう」

言われてハッとする。

（バーはまずい！）

自分のお腹に意識を向けて、今更な失敗に気づく。晩御飯くらいなら問題はなかった。だけどお酒はいけない。妊娠中にアルコールは避けるものだと勉強したばかりだ。

「何飲む？」

「う……ウーロン茶を」

「なんでバーに来てウーロン茶？」

彼は苦笑して、私のオーダーをなかったことにしてジントニックを二杯頼んだ。

まずい……。じりじりと足場がなくなっていく感じに冷や汗が出てくる。

「あの……すみません。本当に今日はちょっと、体調がよくなくて」

「うん、じゃあ一杯だけな」

「一杯もっ……」

「一杯すら無理なくらい？　それは……大丈夫なのか」

心配そうに顔を覗き込まれて心苦しくなる。嘘をついているとき特有の気まずさで、胃がキリキリ痛んだ。

そうこうしている間にジントニックがやってくる。とりあえず乾杯だけ、とグラスを突き合わせた。私はジントニックを自分の手の中に置いたまま、隣で彼が喉を潤すのを覗き見る。冬馬さんはそんな視線に気づいたのか、グラスを置くと私を見た。

「……ほんとに少しも口をつけないんだね」

「……ええ、まあ……」

「ねぇ、美薗さん」

ずい、と間近に迫ってきた顔にドギマギする。驚いて一瞬後ろに身を引いてしまう。だけどそれも椅子の上では限界があった。

追いつめられるようにして冬馬さんに言われたこと。

それは。

「……もしかして、子どもができた？」

「っ！」

「図星か……」

しまった。

一瞬の出来事に取り繕うことができなかった。ストレートに驚いてしまった自分を呪い、それでも動揺を抑えて、一生懸命に平静を装う。

「……言っておきますけど。あなたの子じゃありません」

「嘘をつくな」

――ああ、まずい。心の中で私が「もう無理！」と喚いている。ビッチのふりにも限界があるし、もう隠し通せる気がしない。ここから先は負け戦だ。そうわかっていながら声を絞り出す。

「……嘘じゃない」

「嘘だ」

「どうしてそう言い切れるんです？」

隣り合わせの席に座りながら、至近距離で言葉のボールをぶつけ合う。

どちらかがノックアウトされるまで終わらないこのぶつけ合いを、収束させる言葉を彼が吐いた。

「きみは一度に複数の男と関係を持てるほど器用じゃない。それに……きみはビッチにはなれない」

「……どういう意味ですか？」

ビッチにはなれない、と。

断定されて、これはどういうことかと思った。だって私は、冬馬さんと出会ってからここまで、ずっとビッチらしく振舞ってきたはずだ。

彼のセフレでいるには、それしかないと思っていたから。

動揺を通り越してぽかんとしてしまった私に、冬馬さんのほうが呆れて目を丸くする。

「本当にきみは……あの夜のことなんて全然覚えてないんだな」

「……あの夜って、どの夜……？」

嘆息する冬馬さん。

私はまだ摑めない。

だけどザワザワする。この、お店の匂いと彼の匂いが入り混じる感じに、ものすごく覚えがあった。ここに一緒に来たことは……ない、はずだ。

冬馬さんは誰かと勘違いしている？

彼はまたジントニックを飲んだ。私は口をつけるわけにもいかず、やっぱり隣でその姿を見ていた。グラスを置いた冬馬さんがぽそりと言う。

「〝真面目に生きるのはもうやめる！〟とか、〝ビッチになってやる！〟とか……」

「……え？」

「あの夜きみはここで、俺の目の前でそう叫んでたよ」

「…………ええっ⁉」

青天の霹靂《へきれき》。

えっ……ええっ……⁉

「なんでそれっ……えっ、うそ！」

酸欠の金魚のように口をパクパクさせる。言葉が出てこない。理解が追い付かなかった。彼が頬杖をついて静かな目で見つめてくるところ、返す言葉もなくただその目に捕られる。冬馬さんの目は確信している。

むくむくと膨れ上がる羞恥心。ビッチが演技だとバレていたなら、アレもコレも……冬馬さん、どんな気持ちで見てたの⁉

遊び慣れたフリやビッチを装うセリフが、どれだけ滑稽に映ったことか。想像すると死にたくなって、思わず半泣きで首を横にぶんぶんと振った。言葉が何も出てこない。

私の百面相をじっと見ていた冬馬さんは段々頬をゆるませ、ふはっと笑う。

久しぶりの笑顔だった。

「──ほら。美薗さんにビッチは、どうしたって無理だ」

冬馬さんは笑って「きみにビッチは無理」と繰り返す。

私は未だに、演技がバレていたという事実が受け入れられない。

「で、でも……そんな。ここで、って、いつ……」

「いっちばん初め。席はここじゃなくて、入口側のカウンターだったけどね。美薗さんべろべろに酔っぱらって、藤ヶ谷さんに管巻いてたでしょ」

「……あ、あああ……」

「それも記憶にない？」

「……いやぁ」

覚えていることもあった。会社で自分の陰口を聞いてしまったあの日、心が決壊寸前だった私は、久しぶりに会う瑞貴に話を聞いてもらおうと思っていた。

再会して、「飲んだほうが楽に吐き出せるでしょ」と彼女が連れてきてくれたのは、そういえばこんなバーだったかもしれない。

飲み始めてからの記憶はおぼろげだった。瑞貴に何を語ったのかもよく思い出せず、ただ真面目な自分に嫌気がさして、ビッチになると強く心に決めていたのは確か。

その場にいた冬馬さんをどう言ってか誘い、ホテルの廊下を歩きながら精一杯ビッチの演技をした。次に記憶があるのは私の上で腰を振る彼。それすら一部しか覚えていなくて、記憶がはっきりしているのは翌朝のやり取りからだ。

「美蘭さん、今じゃ想像できないくらいぐでんぐでんになってて……」

「やっ……そんなはずはっ……」

「大きな声で〝ビッチになる！〟って叫んでた。……ほんとに覚えてない？　美蘭さん、俺のほうに歩いてきて〝あなたがいい〟って言ったんだよ」

「……うそ！」

「ほんとうです」

……説明されると段々、記憶の欠片が見え隠れする。誰か男の人に「俺と遊ばない？」と誘われたような。でも〝私だって相手は選びたい〟と欲が出て、ちょうどそこに……タイプの人がいたんだ。

そう。そうでした。

ちょっと思い出してきた。

私はテーブルに肘をついて頭を抱える。冬馬さんは淡々と語り続ける。

「美蘭さんはとても一人で帰れそうになかったけど、藤ヶ谷さんはその日のうちに新幹線移動する必要があったみたいで。〝送れない〟って困ってて」

「……それで冬馬さんが？」

「うん」

そういうことだったのか……。

不思議に思っていたことがひとつ、腑に落ちる。瑞貴といたのに、どうして冬馬さんと二人でホテルなんていう展開が許されたのか。ずっと不思議だったけど、どうにも気恥ずかしくて訊けないでいたのだ。

あの朝は偶然の産物だったらしい。

「最初は普通に家まで送るつもりだった」

「……え」

いつの間にか冬馬さんは、少しバツの悪そうな顔になっていた。

「藤ヶ谷さんと約束してたんだよ。何もせずに無事送り届けるって。……でも美薗さん、自分の住所言わないし。あまつさえ酔ってて〝食ってください！〟って迫ってくるし」

「……ふぇぇ……」

過去の自分の愚行に目も当てられない。それも、あまりよく覚えていないというんだから怖すぎる。私はあの夜に、一体どれだけの醜態を……！

また死にたい気持ちがぶり返してきて、座ったまま深々と頭を下げた。

「本当にその節はご迷惑を……」

「うん。もっと謝ってくれてもいいよ」

「申し訳ありませんでした……！」

意地悪な言い草にムッとしたものの、飲み込んで謝る。見ず知らずの男の人によくもそこまで……！　自分すごいな……！　と逆に感心しながら、ふと気づく。

深々と下げていた頭を上げて、ジト目で冬馬さんを見た。

「……でも結局手を出したんですよね？」

サッと目をそらされる。もう中身も少ないジントニックに口をつける冬馬さんを見て、お酒に逃げたな……と睨む。ただ一点だけ反撃できるところを見つけた私は、逃がすまいと非難を続ける。

「瑞貴と約束したって言ってたのに、酔ってる私相手に……」

「……仕方ないだろ。だって泣くから」

「…………ん？」

泣く？

冬馬さんはグラスに口を付けながら、思い出すように目を伏せる。

「〝甘やかされたい〟って泣くんだもん、美薗さん」

「……え？」

「ほんとにそれも覚えてない？　あの日会社であった嫌なこととか、これまで空回ってきたこととか。たくさん俺に話してくれたんだけど」

彼はまた〝ふっ〟と笑うと、今度は私の髪に手を伸ばしてきた。髪をさらっと指で梳く。その触れ方があまりに優しいので、少し目の奥が熱くなる。

いつか同じ感触を味わったことを思い出していく。

「素直で、ほんとにかわいかった。俺のシャツを摑んだままわんわん泣いて、〝真面目でいたくない〟って」

「……あ」

「〝でも不真面目になる方法もわからない〟って」

「いや……」

「〝どうしたら幸せになれるの？〟ってきみは、訊いたんだよ」

——その手はあの夜ずっと、私の頭を撫でて慰めてくれていた。

思い出すのとほぼ同時に、あの日と同じように抱き寄せられる。彼の首元にくっつけた額から高い体温を感じ取る。柔らかい匂いに包まれた。私の好きな冬馬さんの匂いだ。

「っ……」

たまらずぎゅっとスーツの背中を摑む。

「手を出したのは……ごめん。泣きじゃくるきみに欲情した。あまりに素直に泣いて〝帰らないで〟って言うから……甘やかしたくなった」

いつの間にか熱い涙がはらはらとこぼれて、彼のワイシャツの胸を濡らしていく。こめかみに頬ずりをされて上を向いた。穏やかで優しい笑顔に、ほっとする。

あー、と彼は嚙み締めるように息を吐きだしながら、ぽんぽんと私の頭を撫でた。

「一夜明けたら美薗さん、夜のことなんてほとんど覚えてないみたいに、悪い女ぶるんだよ」

「……それは」

「名残惜しそうに〝もう会うこともない〟なんて言うから、俺から〝続けようよ〟って言ったのにさ。〝後腐れのない関係がよくて誘ったんです〟なんて、よくわかんない意地張って」

「……冬馬さん、黙って」

「面倒くさいなぁとも思ったけど……そっぽ向きながら嬉しそうにするから、たまらなくなって。ビッチだっていう美薗さんの話に合わせてしまった」

「……冬馬さん！」

語られるほどに陳腐だった。あのとき、自分の演技は完璧だと思っていた愚かな私。嬉しい顔をしていたことまでバレていたなんて。

でも今思えば、やっぱり……それが嬉しくてたまらなかったくらい、私はあのときにはもう、冬馬さんのことが好きだったんだ。

理由はあの夜にあった。

一晩中甘やかして、心を通わせてくれた感覚を、私はどこかで覚えていたんだろう。

「……でも。俺がちゃんと〝付き合おう〟ってすぐ言わなかったから、こんなややこしいことになったんだよな。ごめん」

まだ抱きしめられたまま、ドキッと心臓が跳ね上がる。〝付き合おう〟という言葉に過剰に心が反応した。すっかり諦めていたことを期待し始める胸の奥に、戸惑って、恐る恐る口を開く。

「……私……ただのセフレじゃないんですか？」

「とっくに違う。……というか、最初から……俺はきみの、特別になりたかった」

「っ」

「あの日美薗さんはすごく酔ってたけど、〝あなたがいい〟って言ってくれたことがずっと嬉しかったんだよ。……俺も美薗さんがいい」

「ふ……うぅっ……」

耳の中へ言葉を注がれるたびに、私の目からぽろぽろと涙がこぼれ出てくる。それを冬馬さんが困ったように笑って揶うから、涙は余計に止まらなかった。

私は幸せだったり、情けなかったり、頭の中はぐちゃぐちゃで。嗚咽を堪えて、溢れ出てくる言葉を吐き出していく。

「私……〝不真面目になれない〟って悩んでたけどっ……」

「うん……」

「悪い女のフリしたり、勢いで辞表出しちゃったり……いつの間にかすごい、バカになってました」

「うん、ほんとバカだね」

「……呆れたでしょう？」

「バカな子ほどかわいいもんだから困ってるよ」

そう言って冬馬さんは、私のこめかみにチュッとキスを落とした。すごい殺し文句だなぁと内心照れながら、それを隠すようにぐいっと彼の体を押し離す。

「……ん？」

「ここ、お店でした」

「ああ……まあ、そうだね。個室だけど、気になるか」

「……冬馬さん」

「なに？」

「会社ではもう会えなくなりますけど……たまにはこうして、会ってくれますか？」

おずおずと尋ねる。彼の特別になれたことが嬉しい一方で、とてもバカだった私は取り返しのつかないことをしている。冬馬さんから距離を取るために会社を辞めようと書いた辞表は、もう鬼木部長の手に渡ってしまった。今更〝やっぱりなしで〟なんて通用するわけがない。

ほんとに、なんてバカなことをしたんだろう……。

沈んでいると、冬馬さんは言った。

「……それなんだけどさ。きみの辞表、俺が預かってる」

「え」

「言っただろ、きみの直属の上司は俺だ。鬼木さんからきみが辞表を出したと聞いて、その場ですぐ辞表を預かった。一度きちんと話し合って、もう一回本人に決めさせるって」

「そう……だったんですか」

すっかりもう、自分の退職は決まったことだと思っていた。自分の想定とは違う展開ばかりが続き、呆気に取られ、いつの間にか涙は引いていた。

ただただ驚く私をよそに、冬馬さんは思案するように目を伏せる。

「……きみは、〝結婚するから会社を辞める〟って伝えたんだってな」

「え、ああ……はい。一番角が立たない理由かと思って」

「それなら、〝結婚相手と話し合った結果、やっぱり仕事を続けることにした〟って説明は、嘘にはならないよね」

「え？」

「美薗さんが〝専業主婦がいい〟って言うなら、このまま辞めても構わないけど」

「……どういうことですか？」

今日ここに来てから、私はずっとドキドキしている。

妊娠がバレたり、ビッチのフリがバレたり。……〝美園さんがいい〟と言ってもらえたり。それらのドキドキを優に超えていくほど今、期待で心臓の音がうるさい。

「わかるでしょ」

「わかりやすく……ちゃんと言ってください」

ムッとして私が言うと、彼は一瞬照れくさそうに〝うっ〟と言葉に詰まる。見たことのない表情に釘付けになって、続く言葉を待つ。

冬馬さんはここがお店だからと気になったのか、咳ばらいをしてから私の耳に唇を寄せ、控えめにこう囁いた。

「……夫婦になりませんか？」

私はゆっくり口を開く。

「……冬馬さん」

「……うん」

「私、後腐れのない関係がよくてあなたを誘ったんです」

「……まだそんなこと言う？」

「だからね、冬馬さん。私……こんなに幸せになれると思ってなかった」

また嗚咽交じりの声になってしまった。私は今日、一体何回泣くんだ。

伸びてきた大きな手に、もう一度優しく絡め取られる。抱き寄せる大きな手や、私を包み込む逞しい体から感じる温かさが、ゆるゆると自分の体に溶けていく。満たされた気持ちになる。

会社で陰口を聞いてしまって、自分を見るすべての視線が煩わしくなったあの日、心の中では苦しさのあまり喘いでいた。そんななかで見つけた彼を、「あなたがいい」と選んだことは、私が幸せになるための第一歩だった。今ならそう信じられる。

甘い空気になったものの、ここはお店だった。その上、密着した状態で私のお腹が〝ぐぅ〟と鳴ってしまったので、冬馬さんは笑いながら「ナポリタン食べる？」と聞いた。私は赤面しながら「食べます……」と答える。なんで今日はこんなに、恥ずかしいことばっかり……。

運ばれてきたナポリタンは、彼のおすすめだけあってすごく美味しそう。ただ、最近食欲がなかったので、食べられるかどうか不安だった。

だけどいざ口に入れてみると……。

（……あれ。全然食べれる……）

美味しい。トマトケチャップの濃厚さもまったく苦じゃない。苦じゃないどころか、香りだけでじわっとよだれが分泌されて、一気に食欲がわいた。

どうして急に平気になったんだろう……。私が不思議に思っているそばで、冬馬さんもナポリタンを頬張りながら嬉しそうに言う。

「一緒に住むようになったら、こういうのもたまに食べたい」

「ああ……こんなに美味しくできるかはわかりませんけど」

「料理得意なんだっけ？」

「普通です。…………あ！」

「あ？」

声をあげた私はバッと隣の冬馬さんを見た。彼はちょうどナポリタンを口に入れようとしていたところで、大きな口を開けた顔がこちらを向く。

「あの……会議室で、〝結婚はしない〟って電話で話していたのは……」

「ああ……。なんだ美薗さん、立ち聞きしてたの」

意地悪くにやりと笑われ、「すみません……」と謝る。中に入っていくことができず会話を聞いてしまったのだから、結果的に私がしたことは立ち聞きに違いない。

冬馬さんはけろりとした顔で真相を告げた。

「確かに、母親にはそう言った。帰国してからずっと見合いを勧められててね……。ひっきりなしに写真を送ってくるから、〝どんな女性を勧められても結婚はしない〟って言った」

「え……」

「〝結婚したい人は他にいるから、この先も見合いはもういい〟って伝えてあるよ」

「……そう、ですか」

なんでもないことのようにそう言って、ナポリタンをくるくるフォークに巻き取っていく冬馬さん。あのときもう私とのことを考えてくれたんだ……。密かに感動した反面、結局早とちりをしていた自分が段々嫌になってくる。

「きみは意外と突っ走るタイプだよね」

「ですね……」

冬馬さんにもそう言われてしまい、ずーんと落ち込む。さっきは〝バカな子ほどかわいい〟なんて言ってくれたけど、これってもう、そんな域を超えてる気がする……。

私が反省している傍らで、冬馬さんが気づいたように指摘した。

「お酒、ほんとに一口も飲まないんだ」

「ええ……少量は問題ないみたいなんですけど、念のため」

「突っ走るついでにもうひとつ言うとさ、美薗さん」

「……はい？」

まだ何かあるのか……！

構える私に彼は言った。

「妊娠してるかどうかって、ちゃんと確かめた？」


体のだるさに、微熱。

食べ物の匂いを嗅ぐのがつらい。

食欲もない。

――ソレは確実に妊娠の症状だと思っていた。

ナポリタンを食べ終えて、冬馬さんの家に帰る途中。私たちは閉店時間ギリギリのドラッグストアに寄って妊娠検査薬を購入した。なぜ真っ先にこれを使わなかったのか。私には知識がなかった。妊娠検査薬がドラッグストアで買えるものだということも知らなかった。

初めて訪れる冬馬さんの住居は、十五階建ての高層マンションだった。部屋の中に入るとまだ物が少ないこともあって、１ＬＤＫの部屋がとんでもなく広い空間に思える。

ここで冬馬さんはテレビを見たり歯を磨いたり、生活してるんだなぁ……といろいろ妄想したのも束の間、買ってきた妊娠検査薬を手渡されトイレに押し込まれる。

結果は。

「陰性でした……」

リビングの床にぐったりとうなだれる私の姿がそこにあった。スーツのジャケットをハンガーにかけた冬馬さんがそばに腰を下ろし、胡坐をかいて座る。

「だろうね……。まあ、確かなことは病院に行かないとわかんないけど」

「でも、つわり……」

「ストレスじゃない？　俺も最近食欲なかったし、体がだるかった」

「……どうして？」

「いや、だって避けられてるし……。怖がらせてしまった手前、自分から押して傷を深くするのも怖かったしね……あれこれ悩んでたらよく眠れなくて」

「えー……」

「二人して体調崩してたんじゃ世話ないな」

〝はは……〟と力なく笑い、冬馬さんは私の頭をわしゃわしゃと撫でた。その心地よさに全身から力が抜けていく。

妊娠していなかった。全部私の早とちりだった。

まさか自分がここまで思い込みの激しいタイプだったとは……と、一連の事件を起こした自分の悪癖を猛省する。

　思うところはもうひとつ。

「……妊娠してなかったー……」

うなだれていたその場にぱたりと倒れ、明らかになった事実をつぶやく。

安心したはずなのに、自分の声が少し残念そうに聞こえた。勝手だなぁ。ついさっきまでは〝どうしよう〟って深刻に悩んでいたのに。

　冬馬さんは私の髪を梳きながら、自分も隣に寝転がって笑う。

「そんなことだろうと思った。避妊はちゃんとしてたはずだし……順番はきちんと守るつもりだったから。意外と真面目なんだよ、俺」

　そう言って甘く笑う冬馬さんの顔に、胸がきゅんとときめく。並んで寝転がっているから顔が近い。ドキドキして、私はついかわいくない言葉を選んでしまう。

「付き合うより前にエッチしちゃいましたけど」

「それは……そうだね。きみが誘ったんだけどね」

「……そうでした」

　お互いバツの悪さに微笑み合う。「おいで」と冬馬さんが腕を広げたので、私はその腕の中に収まる。何度包まれてもほっとする体温と匂いに、胸の奥が甘く満ちていった。

「……あー……」

「……どうしたんですか？」

「ううん、もう触れられないのかと思った……」

彼は抱きしめている私の首筋に、動物のように頬ずりをしてくる。会社でスマートに仕事をこなしている土屋課長が、実はこんなに甘えただと知ったら、みんなはびっくりするんだろうな……。

そんな優越感すら覚えながら、彼の背中をぽんぽんと叩き、額に頬をすり寄せる。

「……ごめんなさい。あんな嫌な拒み方して」

「いや、どう考えても俺が悪い。……ごめん。ひどい抱き方して」

「いえ……」

「もう絶対にあんな自分勝手にしないから。……その、まだ怖かったら当分しないし」

「冬馬さん」

自分の首元にある顔の、両頬にぺたりと触れる。そのまま少し上を向かせるよう持ち上げると、怒られた子どものように眉をひそめている冬馬さんの表情。

つい〝かわいい〟と思ってしまった。額にキスをする。

「……美薗さん？」

「冬馬さん、私ね……」

打ち明けるか迷っていた。誤解を与えかねないと思ったし、逆にヒかれないかという心配もある。

だけど不安そうな顔を見ていると、その不安を取り除けるなら、なんだって言ってあげたい気持ちになった。

「実は、その……そんなに嫌じゃなかったんです」

「……え？」

「あ、〝ビッチだ〟って罵られながらはさすがに嫌でしたよ。〝イライラする〟っていうのも怖くて、ちょっと傷つきました。……でも、他はそんなに嫌じゃありませんでした」

「……」

「……………黙らないでください！」

「ああ、いや……」

不安そうな顔が一変。戸惑っている顔に私のほうが戸惑った。

（……言わないほうがよかったかも！）

早速後悔して、耐えきれなくなってきて彼から離れようとした。

だけどそれは叶わず、逃げないように強くぎゅっと抱きなおされる。

「美薗さん……俺、ほんとに結構ひどくしたと思うんだけど。痛かったでしょ？」

「……ちょっとだけ」

「……それも悪くなかった？」

ぎゅっと私の体を腕ごと抱きすくめながら、下から顔を覗きこんでくる。胸の上から見上げてくる目にじっと捕らえられて、私は迷った末に、こくんと頷いてしまった。

「……そっか」

冬馬さんの口がニッと弧を描く。いつもの、少しSっ気のある笑い方。

不安は消し去れたようだけど、やっぱり黙っておいたほうがよかった気がする。彼の笑い方になんだかよくないものを感じた。

嫌な予感の正体が摑めないまま、腕の中でもぞもぞしていると……。

「……ンっ」

シャツの裾から大きな手が入ってきて、やんわりと胸を揉んでくる。

「……冬馬さん？」

隣に寝転んでいた彼は、ゆっくりと上体を起こして私の上に覆いかぶさった。リビングの床は片付いていて、大人二人がこんな風に絡まっていても、何にもぶつからないくらい広い。

「あ……んッ……」

少し荒い吐息と必死な眼差しを感じたあと、唇を奪われていた。触れている唇の表面を〝熱い〟と感じるのとほぼ同時に、〝ぬるり〟と舌が差し込まれる。それは私の舌を甘く吸って歯列をなぞり、チュクチュクと卑猥な音をたてて口内を弄んでいく。

その間も彼の手のひらは、形を確かめるように私の胸をグニグニと強く揉んだ。

「ん……は、っ……」

離れていった口との間には糸が引いていた。熱を持ち始めた頭で考える。こんないやらしいキス、いつぶりだろう……。

思い出す暇はなかった。彼はまたキスを繰り返し、私の脚の付け根に自らの欲望を擦りつけてきた。スラックスのチャック部分で苦しそうに張りつめているソレは、存在感があって、扇情的で。

私は息を吐きながら問いかける。

「……なんかスイッチ入ってますね？」

「入れたの誰だよ」

そう短く返すなり、彼は首筋に顔をうずめてきた。はぁッ、と熱い息を吹きかけながら、水っぽい音をたてて口づけていく。その唇の感触も、柔らかな髪もくすぐったくて、私はたまらずそばにある頭を抱きしめていた。

「はっ、あッ……んんぅっ……」

ぷち、ぷち、とシャツのボタンをひとつずつはずされていく。彼は迷いない手付きで私のシャツを脱がせ、流れでスカートも下ろしてしまった。床の上でどんどん暴かれていく。

「……美園さん、先に言っておくけど」

「んはっ……え？　なんですか……？」

「たぶん今日、激しい」

「えっ」

激しくないときとかあった？

――と思ったけど、それが言葉になることはなかった。ベッドに移る余裕もなかったようで、私はそのままフローリングの上で獣みたいな彼に食べられた。

彼の自己申告通り、激しく。

「――あッ！　ひっ、あ、もっ……あぁんッ‼」

ビクン！　と体がベッドの上を跳ねる。同時に、ずっと上で腰を振っていた冬馬さんが私の体を抱き込み、渇きを潤すように唇を奪う。

「んン――っ……」

食べるようなキスをされながら、お腹の中に脈動を感じる。ビクビクと、ゴム越しに射精されている感覚があった。――このとき既に三回目。フローリングの上で一回。背中が痛いだろうと気遣われ、ベッドに運ばれそのままもう一回。達したと思ったらすぐさま彼が復活して、挿入して、今に至る。

「は、あぁっ……」

私は全身から力が抜け、ぐったりとしていた。さすがにもう満足しただろう……。

出し切ったらしい冬馬さんは顔を上げる。汗で前髪が額に張り付いていた。それがちょっとかわいいなと思っていたら、前髪の下の目はまだせつなそうに、物欲しそうに私のことを見ている。

「……え？」

「美薗さんさっき、妊娠してないってわかって残念そうにしてなかった？」

「は……」

「あー……思い出してまた勃ってきた」

「っ……してっ、してないですっ……！」

「嘘ばっかり。自分で思ってる以上になんでも顔に出てるよ。……子どもつくる？」

訊きながら、〝つつ……〟と臍のあたりに指を這わせてくる。ついさっきまで彼が中にいた感覚を体が思い出して、腰が勝手に揺れてしまう。

「こっ……子どもっ……意図的にですか……⁉」

「うん。もれなく責任は取るけど」

いい？　ともどかしそうな顔をして、避妊具を着けていないらしいモノを蜜口に擦り付けてくる。もう元気を取り戻しているソレは先端が濡れていて、私のアソコにキスするように吸い付くと〝チュクッ〟といやらしい音をたてた。

その音と感触だけで、体が期待してしまう。

「……ほんとになんでも顔に出るね。〝早く挿れて〟って顔されるとたまんないな……」

「っあ……あ、あぁぁっ……」

ぐぷ、と、じっくり沈み込んでいく、生の感触。着けていないと思うと余計にナカが敏感になって、少し入っただけで小さくイッてしまう。

「ふ、ぅ、んんぅっ……！」

「あーっ……イイっ、美薗さん……すごい、絡みついてくるっ……」

「あぁっ」

ずん！　と最奥まで押し込まれた。一番深いところに彼の亀頭が触れたのを感じ、ガクガクと体が震える。いま、子どもをつくる行為をしているんだ。自分のナカが彼から精を搾り取ろうと蠢いているのがわかった。

その動きに興奮したように、彼の律動は激しくなる。

「あッ！　はんっ！　やぁっ、あっ……あんっ……！」

「はッ……こんなっ……こんないいのが、セフレで済むわけないだろっ……！」

「ひッ、や、あぁっ……あぁん！」

正面から突くその動きは暴力的ですらあって、体がバラバラになりそうだった。激しい衝撃を何度も体の中心に受け、ナカは何度も穿たれ彼のカタチになっていく。

パンパンと部屋に響いていた音は次第に小さくなり、彼は突く動きから、段々奥に押し付けて抉る動きになる。

「あー出るっ……イク、イクっ……んんっ、出すよ美薗さんっ……」

「っ……！」

もう言葉が出なくてこくこくと頷いた。一瞬あと、〝ずんっ！〟と最後に重たい一撃を食らい、熱い飛沫がびゅるびゅると自分のナカに吐き出されるのを感じる。それを彼は、なおも奥へ奥へと擦り付けようと、グリグリ腰を回してきた。

「は……あぁっ……！」

私は奥に出されるその感覚の中で達した。……ナカに出されてしまった。

またぐったりとして冬馬さんのベッドの上に両腕を広げる。疲れた。〝やってしまった〟感と、それを上回る陶酔感。まだ脳が痺れたみたいに頭がほわほわする。

冬馬さんも私のナカに吐き出して、やっと満足——というわけには、彼はいかなかったようで。

「……え？」

「もう一回」

「えぇっ……⁉」

達しておいて、私のナカから抜くことなく再び動き始めた。もう硬い。どんどん硬くなる。……気持ちいい。

挿れたままぐるんと体を反転させられて、うつ伏せの私に冬馬さんがのしかかる。

これは……バック……！

「これが好きでしょ」

「や、あのっ……バック好きっていうのも演技っ……」

「いいよもう嘘は」

「……あうっ」

「体のほうがよっぽど正直だね……」

後ろから優しく突かれながら耳を甘噛みされて、体はグズグズに溶けていく。

「はっ、はぁっ……あんっ！　あぁんっ……！」

ダメ押しするように、彼は一言。

「真面目な美薗さんの、いやらしい部分……俺だけに見せて」

……その一言で私は、存分に乱れることを自分に許した。


行為がひと段落し、二人でシャワーを浴びたあとのベッドの中。更に〝もう一回〟と求められ、終わる頃には足腰がまったく立たなくなっていた。

私は彼の枕に顔をうずめ、蚊の鳴くような声を出す。

「冬馬さん……ずっと思ってたこと言ってもいいですか……？」

「なんでもどうぞ」

「この絶倫男！」

「ははっ、あんなに悦んでたから褒め言葉だなきっと」

「褒めてないです……」

いけしゃあしゃあと言って彼は、〝満足したー〟という顔で眠そうにふにゃふにゃと笑っている。さっきまでの射貫くような目が嘘みたいだ。

「美薗さんだって、後半は自分から上に乗って腰振ってたじゃん」

「なっ……」

「あれはすごい眺めだった……またやってね」

私が何も言えず黙っていると、彼は蕩けた笑顔のままで、するっと私のお腹に手を伸ばしてくる。その微妙な接触に、さっきまでのセックスで敏感になってしまった体がビクッと反応する。

「……今日ので子どもできるかな？」

「そんなすぐには……」

「そう？　いっぱい奥に注いだし、できててもおかしくなさそうだけど……」

「……もっ……そんなに触らないでください！」

「またシたくなっちゃうから？」

「もうっ……」

「ふっ……うそ、ごめんて」

でも早く子ども欲しいね、なんて言って私の頭を抱き寄せる。その仕草に嬉しくなって怒る気をなくしてしまったから、つくづく彼は私の扱いがうまい。悔しい。

しばらくそうしてくっついていると、いつの間にか眠気が覚めてきたらしい冬馬さんがじっと私の顔を見た。

「……どうしたんですか？」

「……うん。またちょっと思い出してた」

「何を……？」

問いかけると彼はふわっと優しく笑う。優しいけどその目は真剣で、〝あ、真面目な話だ〟と思った私は話を聞く姿勢になる。

彼は言った。

「最初のあの夜、美薗さんに〝どうしたら幸せになれるの？〟って訊かれて俺、答えられなかったんだよね。……でも今は、その答えを持ってる」

まっすぐ正面から見つめてくる目に、落ちる。

「俺がきみを幸せにする。つらいときは、俺が一番にきみのことを甘やかす。だから……幸せになろう。美薗さん」

胸がいっぱいになる言葉に、自然と笑みがこぼれた。

「──はい。よろしくお願いします」

真面目でいたっていいんだ。ただし、自分には嘘をつかずに。

ここぞというときにだけ、「愛してほしい」と精一杯に訴える。

清く正しく、いやらしく。

END

あとがき

こんにちは。兎山《とやま》もなかです。有難いことに、七冊目の蜜夢文庫さんです！

真面目ヒロインがビッチを目指す本作、お楽しみいただけましたでしょうか。

『清く正しくいやらしく』は、まだデビューして間もない頃にコミコさんから書き下ろしのご依頼をいただいて、喜び勇んで書き上げた作品だと記憶しています。確か、声をかけていただくきっかけとなったのが、五月に蜜夢文庫さんから新装版を出していただいた『君が何度も××するから』だったと思うので、〝作品って繋がっているんだなぁ……〟と感慨深くなりました。

このお話はタイトルありきで考えたお話だったような気がします。まず『清く正しくいやらしく』というフレーズが先に浮かび、〝それってどんな状況？〟と考えた時に、〝本当はものすごく真面目なのにビッチになろうとしている〟という美薗のキャラが生まれました。ちょっとズレてる美薗と、事情を理解している冬馬の掛け合いを書くのが楽しく、ぐんぐん書き進められたという思い出があります（今回の書籍化作業のために再びじっくり読み返し、〝楽しそうに書いてんな〜！〟と思いました。笑　今もたいがい楽しく書かせていただいていますが……！）。

そして今回、書籍化にあたってイラストをご担当くださったのは篁ふみ先生！　一度電子書籍の表紙でご一緒させていただき、〝いつか紙でもご一緒できたら……！〟と願っていたら、なんと今月二冊目です！　四日発売の『子づくり温泉　契約結婚なのに、新婚旅行がイチャ甘すぎます！』（オパール文庫）に続き、本作でも素敵なイラストを描いていただきました。セクシーで格好いい表紙に始まり、冬馬の格好よさと包容力が爆発している挿絵の数々……！　一枚一枚がとてもドラマチックで、何度見てもうっとりしてしまいます。本当にありがとうございました。

また、本作の文庫化にあたってお世話になった担当様、編集部の皆様、校正をしてくださった方、デザイナー様……挙げればキリがありませんが、本作の出版にお力添えいただいたすべての方に、感謝いたします。

最後に、ここまで読んでくださったあなた様に最大級の感謝を込めて。貴重なお時間を本当にありがとうございました！　少しでもお楽しみいただけていますように。

兎山もなか

才川夫妻の恋愛事情～7年じっくり調教されました～
イケメン兄弟から迫られていますがなんら問題ありません。
編集さん（←元カノ）に謀られまして　禁欲作家の恋と欲望

鳴海澪――――――――――――――――――――――――――――

俺様御曹司に愛されすぎ　干物なリケジョが潤って!?
溺愛コンチェルト　御曹司は花嫁を束縛する
赤い靴のシンデレラ　身代わり花嫁の恋

葉月クロル――――――――――――――――――――――――――

拾った地味メガネ男子はハイスペック王子！ いきなり結婚ってマジですか？

春奈真実――――――――――――――――――――――――――――

恋舞台　Ｓで鬼畜な御曹司

日野さつき――――――――――――――――――――――――――

強引執着溺愛ダーリン あきらめの悪い御曹司

ひより――――――――――――――――――――――――――――――

地味に、目立たず、恋してる。幼なじみとナイショの恋愛事情

ひらび久美――――――――――――――――――――――――――

フォンダンショコラ男子は甘く蕩ける
恋愛遺伝子欠乏症 特効薬は御曹司!?

真坂たま――――――――――――――――――――――――――――

ワケあり物件契約中 ～カリスマ占い師と不機嫌な恋人

御子柴くれは――――――――――――――――――――――――

セレブ社長と偽装結婚　箱入り姫は甘く疼いて!?

水城のあ――――――――――――――――――――――――――――

S系厨房男子に餌付け調教されました
露天風呂で初恋の幼なじみと再会して、求婚されちゃいました!!
あなたのシンデレラ　若社長の強引なエスコート

御堂志生――――――――――――――――――――――――――――

エリート弁護士は不機嫌に溺愛する～解約不可の服従契約～
償いは蜜の味　S系パイロットの淫らなおしおき
年下王子に甘い服従　Ｔｏｋｙｏ王子

深雪まゆ――――――――――――――――――――――――――――

社内恋愛禁止　あなたと秘密のランジェリー

桃城猫緒――――――――――――――――――――――――――――

処女ですが復讐のため上司に抱かれます！

連城寺のあ――――――――――――――――――――――――――

同級生がヘンタイ Dr. になっていました